아이 스스로 해내는
양육의 원픽

아이 스스로 해내는
양육의 원칙

1판 1쇄 인쇄 2025년 1월 3일
1판 1쇄 발행 2025년 1월 10일

지은이 김은정
펴낸이 이기준
펴낸곳 리더북스
출판등록 2004년 10월 15일(제2004-000132호)
주소 경기도 고양시 덕양구 무원로 6번길 12(행신동, 대흥프라자빌딩) 815호
전화 031)971-2691
팩스 031)971-2692
이메일 leaderbooks@hanmail.net

• 이 책은《부모들에게 어떻게 말해야 좋을까?》(2021년 발행)의 개정판입니다.

• 잘못된 책은 서점에서 바꿔드립니다.
• 책값은 뒤표지에 있습니다.

리더북스는 독자 여러분의 책에 관한 아이디어와 원고 투고를 설레는 마음으로 기다리고 있습니다.
책으로 엮기를 원하는 아이디어가 있으신 분은 이메일 leaderbooks@hanmail.net로 간단한 개요
와 취지, 연락처 등을 보내주세요.

아이 스스로 해내는
양육의 원칙

김은정 지음

리더북스

인간이 살아가는 궁극의 목적은 행복이다. 모든 부모가 자신의 모든 것을 바쳐 일하고 가정을 일구는 목적 중 가장 우선이 자식의 행복이다. 부모가 바라는 한 가지는 내 아이가 잘 자라고 행복하게 사는 것이다. 그런데 왜 아이들은 부모가 바라는 대로 자라지 않을까? 왜 부모가 바라는 모습으로 성장하지 않을까? 왜 행복하지 않을까?

이 책은 부모와 아이가 함께 행복해지는 방법을 제시한다. 그리고 아이가 행복하게 자라기 위해 부모가 할 일을 구체적으로 알려준다. 바쁘게 살아가는 부모들에게 아이를 믿고 기다리며, 부모가 말 그릇을 깨끗하게 하여 아이를 만나는 방법을 친절하게 안내하는 육아와 양육의 좋은 지침서이다.

-김봉호(심리상담학 박사)

양육에 관한 책을 읽으면 죄책감이나 부담을 느끼게 된다. 그런데 이 책은 나에게 힘을 주고 위안이 되었다. 부모에게 많은 것을 잘 하라고 요구하기보다 오히려 부모의 마음을 알아주는 책이다. 나의 마음도 포근하게 어루만져 주었다.

심리상담사인 저자는 상담할 때 먼저 긍정적인 부분을 찾아내어 정서적 안정을 준다. 따뜻한 상담 방식이 어떤 것인지 알게 해주는 책이다.

-박연경(심리상담소 소장)

병원에 와서 불안해하는 아이와 부모를 만나다 보면 아이보다 부모의 잘못된 점이 눈에 띄곤 했다. 그 모습을 보고 안타까웠던 나에게 이 책이 해답을 주었다.

중요한 것은 부모에게 어떠한 방법을 제시해주는 것이 아니다. 이 책을 읽으면서 신기하게도 나 자신이 부모들을 이해하는 시선으로 바뀌었다. 당장 김은정 선생님의 대화법을 배우고 싶다. 의사이기 전에 부모인 내가 위로받고 싶어서이다.

-박광용(소아과 의사)

아이들을 잘 키웠다는 말을 주위에서 많이 들었다. 나 역시 우리 아이들이 잘 자랐다고 자부하고 있었다. 부모를 돋보이게 하는 아이들이 자랑스러웠다. 아이들이 어렸을 적부터 상담 공부를 해서 나름 양육에 관해서는 자신감이 있었는데 이 책을 보면서 여전히 부족함을 느꼈다. '진작 이 책을 봤으면 얼마나 좋았을까!' 하는 아쉬움이 남았다. 지금 아이를 키우고 있는 부모는 물론이고 이미 아이를 다 키운 부모도 이 책을 읽어보라고 권하고 싶다. 아이를 키우면서 그동안 답답하고 억울했던 마음을 속 시원히 풀어줄 것이다.

-이송비(아이를 먼저 키워 본 엄마)

오늘도
양육의 어려움을 겪는
부모들에게

　상담실에 방문하는 내담자들은 여러 가지 어려움이 있어서 온다. 특히 부모들은 아이 때문에 힘들어서 온다. 어떤 분은 대처 방법을 모르겠다고 한다. 몹시 당황하고 괴로워한다. 어떤 분은 대처 방법을 알아도 실행에 어려움이 있어서 온다. 이분들 또한 당황스럽고 힘든 것은 마찬가지다.

　아이들의 행동으로 인해 어려움을 겪고 있는 부모들에게 심리상담사인 내가 가장 먼저 하는 일은 부모의 마음을 안정시키는 것이다. 부모가 심리·정서적으로 안정이 되면 아이의 문제 행동은 더 이상 문제로 보이지 않는다. 문제라는 시각에서 벗어나면 발달 과정에서 생겨날 수 있는 행동이라고 받아들이게 된다. 아이가 상황에 따라 그런 행동을 얼마든지 할 수 있다고 생각하게 된다. 부모의 마음이 안정되면 아이의 문제를 객관적으로 생각하고 아이를 보는 시각이 달라지기 때문이다. 아이가 하는 행동의 원인을 분석하면 답이 저절로 나올 때가 많다. 그 답은 심리·정서적으로 안정을 찾은 부모가 잘 찾아낸다.

아이를 양육할 때 가장 기본적인 것은 자존감을 높여주는 것이다. 아이들 상담은 자존감만 높여주면 문제가 거의 해결된다. 아이 스스로 자신이 잘못하고 있다는 것을 알기 때문이다. 어떻게 바뀌어야 하는지도 아이는 너무나 잘 안다. 아이의 자존감이 높아지면 잘못을 인정하고 스스로 변하려고 노력한다. 아이의 변화에 격려와 용기를 주면 어느새 우리 아이가 달라져 있다.

상담의 결과로 보면 아이보다 부모를 상담할 때 훨씬 효과가 크다. 짧은 시간에 더 많은 변화를 불러올 수 있다. 내가 부모 교육을 중요하게 생각하는 것도 그 때문이다. 부모 교육에서 하는 작업은 아이의 문제 행동에 대처하는 기술을 익히는 것이다. 기술은 여러 가지 다른 방법으로도 배울 수 있다. 하지만 배운 것을 아이들에게 적절히 적용하기는 쉽지 않다. 상담실에서는 그 기술을 익혀서 실제로 아이에게 적용할 수 있도록 도와준다.

앞서 그보다 더 중요한 작업이 있다. 부모가 마음의 평정을 얻도록 해주는 것이다. 나는 이 부분에 가장 중점을 둔다. 이러한 과정을 거치면 양육 기술을 적용한 효과는 놀랄 만큼 크다.

나는 16개월 반 차이가 나는 두 아이를 키웠다. 혼자서 두 아이의 육아를 감당하는 것이 너무 힘들었다. 그때 나는 생각했다. 세상에서 가장 힘든 일은 아이를 키우는 것이라고. 출산한 몸으로 신생아를 돌보는 일은 그야말로 내 몸이 내 것이 아니었다. 어릴 때부터 몸이 허약한 내가 연년생을 키우면서 입술이 부르트는 건 다반사였다. 하루에 한 시간도 푹 잘 수 없었다. 아무리 몸이 힘들어도 늘 긴장할 수밖에 없는 것이 육아였다. 연년생 육아는 쌍둥이보다 더 어렵다는 말을 실감했다.

몸도 견뎌내기 힘들었지만, 그보다 더 힘든 것은 마음이었다. 아이들에게 잘 해주지 못하고 있는 것 같아서 죄책감마저 들었다. 에너지가 약한 엄마를 만나 아이들은 바깥 놀이를 거의 못 했고 이유식도 잘 만들어 먹이지 못했다. 함께 놀면서 지능 발달도 못 시켰다. 아이들을 제대로 양육하지 못하고 있다는 생각에 늘 미안했다. 그러면서 나는 차츰 몸과 마음이 피폐하고 자괴감에 빠졌다.

그때 누군가 "잘하고 있어. 아이 키우는 엄마는 힘들어서 모든 걸 다 해줄 수 없어. 그래도 넌 잘하고 있는 거야. 이만하면 충분해."라고 이야기해 주었더라면 조금 더 기운을 냈을 것이다. 이제 이 말은 내가 아이를 키우는 모든 부모에게 해주고 싶은 말이다. 이 책을 읽는 당신은 누구보다 잘하고 있다고. 세상에서 가장 중요하고 위대한 일을 하는 중이라고.

육아에 어려움을 겪고 있는 부모에게 기술이나 방법을 알려주는 책은 많다. 그 책들을 읽고 육아 관련 TV 프로그램을 볼 때마다 나는 늘 내가 잘 못하고 있는 것을 반성했다. 사실, 하라는 대로 따라 하기도 힘들었다. 애써 방법대로 한다고 해도 잘되지 않았다. 하라는 대로 시도조차 하지 못하고 넘어가 버릴 때는 마음이 더 무거웠다.

부모들의 애씀에 위안을 주고 싶어서 이 책을 썼다. '이렇게 해야 한다, 저렇게 해야 한다.'가 아니라 양육하는 부모들에게 기운을 주고 힘이 나기를 바라는 마음이었다. 그 시기에 볼 수 있는 아이들의 성장과 재롱을 보면서 충분히 행복하라고 이야기를 해주고 싶었다.

아이들에게도 문제 행동이 있지만 부모가 모르고 있는 자신의 문제도 있다. 누구에게나 상처가 있고 트라우마로 남아 있는 일이 있다. 부모가 가진 그 상처로 인해 아이를 돌보는 일이 더 어려워지기도 한다. 아이들은 문제가 없는데 내가 잘하고 있는지 의문이 생기기도 한다. 그런 부모들에게 위로와 격려를 보낸다. 사람은 모두 부족한 부분이 있다고.

아이 양육과 관련하여 상담이나 강의를 하는 것은 쉬운 일이 아니다. 자녀 양육에는 답이 없기 때문이기도 하다. 특히 이 분야에서 자녀를 잘키운 저명한 인사가 아니라면 더더욱 그렇다. 여러 가지 이유 중에서 내담자나 청중들이 대부분 의문을 품는 것이 있다. '과연 자녀 양육 강의를 하는 당사자는 아이를 잘 키웠을까?' 이 점을 궁금해한다.

참으로 생각을 많이 하고 잘하려고 노력해도 어려운 것이 양육이다. 나는 우리 아이들을 잘 키웠다는 말을 자신 있게 하지 못한다. 내가 이책을 쓸 만큼 양육을 잘한 것도 아니다. 솔직히 부끄럽고 민망하다. 이런 이유로 책을 내려고 하니 마음에 걸리는 것이 많았다. 그럼에도 이

책을 쓴 이유는 잘한 것은 잘한 대로, 못한 것은 못한 대로 전하는 것이 부모들에게 도움이 되리라 생각했기 때문이다. 오히려 어려웠던 것을 진솔하게 이야기하는 것이 더 도움이 될 수도 있을 것이다.

　이 책에서 주 양육자를 '엄마'라고 칭하기로 했다. 아이를 양육하는 사람이 엄마만은 아니다. 지금 문화에 어울리지도 않는다. 특히, "당신은 애들 교육을 도대체 어떻게 시킨 거야?"라며 당당히 따지는 아빠들을 상대해야 했던 시대는 지났다. 양육은 엄마 혼자의 책임이 아니다. 이 책에서 '엄마'라는 말은 양육하는 이를 뜻한다. 양육에 관여하는 모든 사람을 통틀어 '엄마'라고 지칭했다. 조부모, 부모, 어린이집이나 유치원, 학교 선생님, 베이비시터 등 아이를 돌보는 모든 이들을 통칭해서 '엄마'라고 했다.

　"아이 하나를 키우기 위해 한 마을이 필요하다."라는 말을 가슴에 새기고 있다. 모든 마을 사람들도 아이를 돌보면 엄마라고 지칭할 수 있다. '엄마'라는 단어는 그 무엇보다도 마음에 감응을 준다. 길러주고 보살펴 주는 사람이면 모두 엄마라는 마음으로 이 책을 썼다.

　이 책이 나오기까지 부모 교육에 참여한 수많은 분들께 진심으로 감사의 말씀을 드린다. 언제나 응원해 준 가족에게도 고마움을 전한다. 그리고 원고를 좀 더 짜임새 있게 책으로 만들어 준 리더북스 대표님에게도 진심으로 고맙고 감사하다.

차례

1장

엄마를 위한 현실 육아 솔루션

"나쁜 엄마인가 봐요. 나 자신이 싫어요."

2장

아이 마음을 헤아려 주고 용기 주기

"아이 마음만 알아줘도 충분해요."

3장

따뜻하게 훈육하기

"아이 마음을 어떻게 어루만져 줄까요?"

4장

아이를 크게 키우는 멋진 엄마 되기

"아이를 틀 밖에서 크게 키우고 싶어요."

1장

엄마를 위한
현실 육아 솔루션

"나쁜 엄마인가 봐요.
나 자신이 싫어요."

육아에 지친
엄마를 보듬는
이야기

양육 관련 책을 보면 아이의 행동 수정 사례가 많다. 그런 책을 보면 마음이 무거워지곤

한다. 책을 읽고 정보를 얻을수록 부담이 된다. 아이를 키우다 보면 마음대로 되지 않아

서 힘들 때가 많다. 그럴 때마다 "엄마가 이렇게 해야 합니다. 저렇게 해야 합니다."라는

말을 듣는다. '나도 이렇게 했어야 했는데…… 지금도 이렇게 못하고 있어. 앞으로도 내

가 잘할 수 있을까?' 엄마는 스스로 잘못하고 있다며 자책을 하게 된다.

아이 양육의 문제만이 아니라 양육하면서 생기는 엄마들 자신의 어려움도 있다. 이럴

때 엄마의 정서가 평온하면 아이의 문제에 현명하게 대처할 수 있다. 아이의 문제 행동

을 쉽고 편안하게 해결할 수 있다. 문제라고 생각하지 않을 수도 있다. 아이에게 문제 행

동이 생기지 않을 수도 있다. 심리상담사인 내가 엄마의 심리를 안정시키는 일을 매우

중요하게 여기는 이유다.

● ● ●

아들이 사춘기 시작인가 봐요.
빽질거려서 꼴 보기 싫어요

"한 달 전쯤에 남편에게 '여보, 나 요즘 진우가 미워 죽겠어. 좋은 말이 안 나와. 정말 너무 힘들어.'라고 말한 적이 있어요. 남편이 아주 짧게 '당신도 그래? 나도 그래.'라고 대답했어요. 요즘 큰애가 말을 너무 안 들어요. 사춘기가 시작된 거 같아요. 진우와 말하기도 싫어요. 뭘 물으면 빽질이처럼 눈동자를 굴려요. 그냥 대답하면 될 것을. 매사에 생각하는 척하는 것도 보기 싫어요. 이제 본격적인 사춘기가 되면 화가 날일이 더 많이 생길 것 같아서 왔어요."

여덟 살 아들 때문에 자꾸 화가 나서 상담실에 찾아온 진우 엄마의 이야기이다. 진우는 엄마가 말을 하면 큰 눈을 더 크게 뜨고 생각하는 듯하는 표정을 짓는다고 한다. 엄마는 빨리 대답하라고 소리를 지르고 싶다고 하였다. 대답을 빨리해도 미운 건 마찬가지라고 하였다. 대답도 엉뚱하게 해서 마음에 들지 않고 속이 부글부글 끓는다는 말을 덧붙였다.

진우에게는 두 살 터울의 여동생이 있다. 둘째는 비교적 순한 편인데, 오빠를 보고 배워서 사춘기가 되면 오빠보다 더 심해질까 봐 걱정스럽다고 하였다.

아이는 자라는 동안 여러 가지 문제 행동을 한다. 진우의 사례는 아이의 발달 과정 중에 자립심이 길러지면서 자연스럽게 나타나는 현상 중 하나이다. 엄마는 진우가 사춘기가 시작되고 말을 잘 듣지 않아서 고민을 하고 있다. 아이를 좀 더 마음 편히 키우고 싶어서 대처 방법을 알고 싶어 한다.

진우는 사춘기가 시작되기 전에는 말을 잘 듣는 아이였다. 그냥 엄마 말이 다 옳다고 생각하고 따르던 아이였다. 그러던 진우가 자꾸만 뺀질거리는 언행을 하니 엄마로서 화가 나는 것이다.

진우 엄마가 보기에는 엄마 말대로 그냥 하면 되는 것을 아이가 쓸데없이 반항하는 것처럼 보일 것이다. 아이가 반항할 일도 아닌데, 그냥 전처럼 하면 되는데 괜히 반항하는 것이 싫은 것이다. 그것도 어쩌다 한두 번도 아니고 매사에 그러니 화가 날 만도 하다.

진우는 진우대로 내적 갈등을 겪고 있다. 사춘기가 시작되면서 매사에 자립심과 독립심이 발동하는 것이다. '엄마에게 예전처럼 대하면 편하게 지낼까? 아니면 그냥 한번 뻗대어 볼까?'를 늘 생각하는 시기이다. 갈등하는 그 순간에 진우는 눈동자를 굴린다.

처음에는 아이도 엄마에게 반항을 해 놓고 스스로 놀라기도 한다. 잘못하고 있는 것이 아닐까 걱정도 한다. 엄마에게 이렇게 반항하면 나쁜 사람이 되는 것이라고 자책도 한다. 그러면서도 자기 주도적으로 하고 싶은 때이다.

이것은 마치 두 살이 되면서 숟가락질을 못 해도 해 보려고 끝없이 시도하는 것과 같다. 두 살 때는 밥이 입으로 들어가지 않는데도 자기가 숟가락질을 하겠다고 떼를 쓰고 우는 아이가 밉지 않다. 그때 엄마는 오히려 대견해서 흐뭇하게 바라본다.

진우는 지금 그 두 번째 단계라고 보면 된다. 단지 첫 번째 시기에는 그 모습이 예쁘고 귀엽고 사랑스럽게 보여서 밥을 흘리는 것도 인정해 주고 잘 되지 않아서 짜증내는 것도 수용했을 뿐이다.

내 말을 들은 진우 엄마는 "그러게요. 왜 이번엔 자꾸 화가 날까요? 알아들을 만큼 커서 말 귀를 알아들으면서도 반항을 하니⋯⋯."라며 뒷말을 흐렸다.

나 어머니는 진우가 말을 잘 듣기를 바라시나요?

엄마 꼭 그렇지는 않아요.

나 맞아요. 엄마들은 그 시기에 아이가 자기주장을 해야 한다는 것을 알아요. 그런데도 자꾸 미워지죠?

나 역시 아들 효진이가 사춘기가 시작되면서 진우 엄마와 같은 마음이었다. 말대꾸하고 딴소리하는 아들에게 이렇게 말했다.

"효진아, 너의 의견을 이야기해 줘서 고마워. 지금은 네가 사춘기가 시작된 거야. 사춘기는 우리 아들이 한 번 더 큰 성장을 하는 중요한 때야. 그래서 엄마는 너에게 그 시기가 온 것이 반갑고 기뻐. 단지 네가 이 시기에 하던 말투가 입에 배어서 나중에도 계속 그렇게 말을 할까 봐 그게 조금 걱정이 되네."

그 시기에 나는 아이가 충분히 그럴 수 있음을 인정하고 아이를 탓하지 않았다. 그렇지만 한편으로는 조금 걱정이 된 것도 사실이다. 물론 아이가 계속 그렇게 하지는 않을 것이라고 믿었지만 습관이 될까 봐 조금 염려가 되었다.

내가 한 것처럼 진우 엄마의 말로 한번 해 보라고 권했다.

> 엄마) 어색해서…….
> 나) 제가 아들에게 한 말을 진우 어머니의 말로 바꾸어서 편하게 해 보세요.
> 엄마) 야! 너 자꾸 그런 식으로 말하면 버릇된다. 이런 식으로요?
> 나) 지금보다 조금만 나무라는 느낌이 들지 않게요.

두어 번의 시도 끝에 진우 엄마는 이렇게 말했다.

"진우, 너 사춘기 시작인 것은 알겠어. 그런데 그 말투가 버릇이 될까 봐 좀 걱정이다."

진우 엄마는 상담을 하면서 아이를 바라보는 시각이 변하였다. 진우를 미워하는 마음이 사라졌다. 아이가 성장하고 있는 것이라 여기고 대견하다고 생각했다. 그리고 그 모습을 두 살 터울의 딸이 배우기를 바라기까지 했다.

말투를
바꿨더니

아이가 자립심과 독립심을 키우는 사춘기가 시작되면 이렇게 말해 주세요.

*"이제 네가 크게 성장하는 시기가 온 거야.
이번에 많이 성장할 수 있게 엄마도 도울게."*

아이 성장의 주체는 자신이라는 개념을 심어주는 것입니다.
책임감과 독립심의 씨앗이 됩니다.

아이가 사춘기가 시작되면 엄마는 참 힘듭니다. 속된 말로 치사하고 아니꼽고 더러워도 참아야 합니다. 엄마도 사춘기인 양 욱하기 쉽습니다. 엄마의 에너지가 소진됩니다. 엄마만 그럴까요? 사춘기 아이도 힘듭니다. 이 시기에 아이는 자신이 잘못하고 있는 것을 알고 놀라며 자책을 하기도 합니다. 아이의 잘못도 엄마의 잘못도 아닙니다. 그냥 아이와 부모가 함께 성장하는 시기일 뿐입니다.

❶ 사춘기는 아이가 크게 성장하는 발달 단계입니다. 더 크게 성장할 수 있는 절호의 기회가 온 것입니다. 계단 말고 엘리베이터를 타고 갈 수 있습니다.

❷ 무엇을 도와주면 되는지 고민되시죠? 혼자 고민하지 마세요. 아이에게 직접 물어보면 됩니다. 아이가 답을 하지 않을 수도 있습니다. 엉뚱한 답을 하거나 기분 좋지 않은 답을 하더라도 마음 상하지 마세요. 자아실현을 하려는 사춘기니까요. 자립심과 독립심을 강하게 키우는 발달 과정이니까요. 질문한다는 그 자체만으로도 아이는 충분히 관심과 사랑을 느낍니다.

❸ 평소에 서로 수용하고 공감하는 대화를 자주 나누었다면 사춘기에 더 크게 성장할 수 있어요. 사춘기에 서로 감정이 상하기보다는 더 크게 성장할 수 있는 기회가 온 것입니다.

❹ 사춘기는 엄마보다 아이가 더 혼란한 시기이기도 합니다. 이 시기에 아이의 마음을 안정시켜서 더 성장하게 도움을 주는 것이 엄마의 역할입니다.

점점 나쁜 엄마가 되는 것 같아요. 저 좀 도와주세요

"11개월 된 딸을 업고 28개월 된 아들은 손을 잡고 시장에 다녀오는 길이었어요. 이제는 애들이 좀 커서 2인용 유모차에 태우면 내려 달라고 난리를 쳐요. 하는 수 없이 작은애만 유모차에 태워서 가면 큰애가 자꾸 위험하게 뛰어다녀서 잡을 수가 없어요. 큰아이의 손을 잡고 걸어가야 해서 힘들어도 작은애를 업고 갈 수밖에 없어요. 장을 보고 오는 길에 28개월 된 아들 녀석이 다리가 아프다며 계단에 앉더라고요. 저는 "너만 아 픈 거 아니거든. 엄마도 힘드니까 빨리 일어나서 올라가." 하며 아들에게 다그쳤어요.

저는 아이들을 챙기며 장을 보느라 지쳤고, 한참을 걸은 아들도 지쳤고, 제 등에서 계속 업혀 있었던 딸도 지쳤어요. 큰아이는 손도 씻지 않은 채 제가 준 치즈를 반쯤 먹다가 잠이 들었어요. 저는 아들의 손을 씻겨 줄 기운조차 없었어요. 작은애는 우유병에 생우유를 따라주며 혼자 마시게 두었고요.

냉장고에 장을 본 음식을 넣으며 방에 들어가 혼자 잠든 큰아이를 보는데 그만 울음이 왈칵 쏟아졌어요. 제가 아이들을 얼마나 사랑하는데 왜 그런 말이 튀어나왔는지 모르겠어요. 아이에게 한 말과 행동을 스스로 참을 수가 없었어요. 문득 밖을 보니 날씨는 어찌나 화창한지……. 정말 한참을 울었어요. 이래서는 내가 큰일 나겠다 싶어서 왔어요."

날씨가 화창한 어느 봄날, 부모 교육을 받으러 온 엄마가 첫날 들려준 이야기이다. 엄마는 연년생인 아들과 딸의 양육을 혼자서 감당하느라 몸이 매우 지친 상태였다. 아이들 아빠는 회사 일이 바빠서 거의 매일 새벽에 나가서 한밤중에 들어오기 때문에 도움을 청할 수가 없다고 했다.

이 엄마의 이야기는 나의 이야기이기도 했다. 아기를 낳아서 처음 안아본 엄마는 누구나 느꼈을 것이다. 그 설렘, 뭉클함, 감동과 벅차오르는 감정을.

엄마는 세상에서 자신이 가장 행복한 마음으로 정성을 다하여 아이를 보살핀다. 매일 밤 한두 시간마다 깨서 젖을 먹이며 밤잠을 설쳐도, 아기를 안고 얼굴 보면서 우유를 먹일 때는 어깨가 부서질 것처럼 아파도, 밥을 대충 후다닥 먹을 수밖에 없어도 다 상관없다고 생각한다. 아이를 사랑하는 마음이 훨씬 크기 때문에 그런 고단함 정도야 기꺼이 감수하고 받아들인다.

그 감동을 그대로 유지하면서 마냥 행복하게 아이를 사랑으로 키운다면 얼마나 좋을까? 분명 그런 엄마도 있을 것이다. 하지만 내가 만나는 엄마들은 대부분 양육에 힘이 들어서 찾아온다. 그래서 '그런 엄마도 있을 것이다.'라고 표현했다. 나는 세상의 모든 엄마가 처음 마음처럼 사랑이 가득한 마음으로 키우는 그런 엄마이길 간절히 바란다.

나 역시 연년생인 두 아이를 키울 때 너무 힘이 들어서 몸과 마음이 지친 상태였다. 머리로는 좀 더 좋은 방법으로 양육을 할 수도 있었지만 기운을 낼 수 있는 상황이 아니었다. 무엇보다 내가 기운을 낼 수 있도록 주위의 도움이 필요했다.

아이에게 문제가 있다며 상담실을 찾는 엄마들의 열에 아홉은 심신이 지쳐 있다. 에너지가 소진된 엄마는 마음의 여유가 없다. 양육 자체가 버겁다. 아이를 돌보기는커녕 엄마 자신도 돌볼 수 없는 상태이다. 거기에 엄마 스스로 아이에게 잘못하고 있다는 생각까지 더해지면 상황은 결코 나아지지 않는다.

전문 상담사로부터 효과 있는 양육 방법을 배워도 기운이 없으면 실행하기조차 어렵다. 오히려 잘못하고 있는 자신을 책망한다. 엄마의 심리적 안정은 물론 시간적 여유나 상황의 개선이 전제되어야 한다.

아이에게 점점 나쁜 엄마가 되는 것 같은 생각이 들 때는
스스로 이렇게 질문해 보세요.

'내가 아이에게 잘해 주지 못하는 이유가 뭘까?
지금 내가 너무 힘든가? 내가 너무 지쳤나?'

지금 이 책을 읽고 계신 엄마는
양육 방법을 모르거나 잘 못하고 있는 것이 분명히 아닙니다.

엄마를 위한
현실 육아 솔루션

엄마들은 아이 문제로 상담을 받으러 와서는 아이의 문제 행동을 고쳐 달라고 합니다. 하지만 아이보다 부모가 먼저입니다. 저는 엄마부터 상담합니다. 페이스북에서 '반려동물을 행복하게 보살피는 가장 좋은 방법은 내가 행복한 것.'이라는 문장을 본 적이 있습니다. 더 이상 무슨 말이 필요할까요?

❶ 엄마들은 자신이 희생하고 봉사하면 아이가 행복할 것이라는 착각에 빠집니다. 그런 생각은 명백한 오류입니다. 엄마가 행복하다고 느껴야 아이도 행복하다고 느낍니다. '엄마인 내가 힘들더라도 아이가 행복하면 됐지.'라는 착각에서 벗어나야 합니다. 아이는 엄마가 힘든 것을 절대로 바라지 않습니다.

❷ 이혼을 고민하고 있는 엄마에게 초등학생 딸이 이렇게 말했답니다.
"엄마가 하고 싶은 대로 하는 게 내 마음이 제일 편해. 혹시나 나 때문에 엄마의 행복을 포기한다면 그것은 정말 나를 가슴 아프게 만드는 거야."

❸ 제가 다시 아이를 키운다면 심신이 지쳤을 때는 주위에 도움을 요청하겠습니다. 주위 환경이 도움을 받을 수 있는 여건이 되지 않는다면 정말로 힘들겠지요. 그렇더라도 어쩔 수 없다며 오직 혼자서 감당하고 슬픔에 빠지지 않기를 바랍니다. 누구에게라도 전화해서 하소연하고 푸념이라도 늘어놓으시길 권합니다. 담벼락에 대고라도.

03

양육 문제로 남편과 싸웠어요

두 달 전에 돌잔치를 한 준수를 데리고 부모 교육에 참석한 엄마가 있었다. 맡길 곳이 없어서 데리고 왔다며 함께 수업을 받아도 되는지 물었다. 나는 "여기 계신 어머니들이 동의하시면 가능합니다."라고 말씀드렸다. 이왕 오셨으니 첫 수업을 하고 다음 수업은 어머니들께 개별로 여쭤보고 허락을 하면 참석하기로 했다.

준수 엄마의 얘기를 들어보았다. 준수는 밤에 잠을 자지 않고 칭얼거렸다. 우유를 먹이고 한참을 안고 있다가 눕혀도 울었다. 이 방법 저 방법 다 해봤지만 소용이 없었다. TV에서 아기가 울 때는 아예 무시해 보라는 방법을 듣고 그냥 가만히 놔두었더니 더 몸부림을 치면서 크게 울었다. 언제 그칠지 몰라서 그만두었다. 아기를 업고 밖에 나가야만 울음을 그쳤다.

옆에서 지켜보던 아빠도 여러 방법을 써 보았지만 소용이 없었다. 그러다 아빠는 더 이상 참지 못하고 아기의 엉덩이를 때리게 되었다. 아기는 더 몸부림치며 악을 쓰면서 울었다. 결국 준수 엄마는 아빠가 아기를 때리는 문제로 다투게 되었다. 짜증을 내는 남편과 자주 싸웠고 남편은 거의 아기를 돌보지 않는 상황이 되었다.

준수 엄마는 "그런 남편이 야속하고 멀게만 느껴졌어요. 그리고 가끔 남편을 닮은 아기가 미워지는 마음이 들어서 무섭기도 했어요."라고 말했다.

아기가 태어나서 첫 돌이 되기 전까지는 이와 같이 약간의 문제가 발생할 수 있다. 잘 먹지 않는다든지, 밤에 잠을 자지 않는다든지, 소화를 못 시키는 문제가 일어날 수 있다. 첫 돌이 지나면서부터는 조금씩 또 다른 문제들이 생긴다. 고집을 부리고 짜증을 내며 물건을 던지는 공격적인 성향을 보이기도 한다. 때로는 서럽게 울거나 조금만 다른 환경에서 겁을 먹기도 한다.

어떤 경우든 육아는 엄마에게 어려운 일이다. 거기에 집안일까지 하다 보면 지칠 수밖에 없다. 엄마는 아빠에게 육아가 힘들다고 하소연을 하게 된다. 아빠는 "애들이 다 그렇지 뭐."라고만 말한다. 아빠가 함께 하는 시간에 아기는 아빠가 옆에 있으니 엄마에게 칭얼거리지 않고 잘 논다. 그러니 아빠는 엄마의 육아가 얼마나 힘든지 잘 모를 수밖에.

지금도 부부의 공동육아라는 부분은 완전히 정착되지 않았다고 본다. 아빠는 회식이 있어서 귀가를 늦게 해도 허용되고 엄마는 늦은 귀가를 하면 아이를 소홀히 하는 나쁜 여자가 된다. 아직도 엄마가 육아와 집안일을 하고 아빠는 도와주는 사람이라고 생각하는 아빠들을 가끔 본다. 그래서 엄마는 아빠보다 더 힘이 들고 억울하다. 육아의 어려움을 이해하지 못하는 남편에게 더 서운하다. 나중에는 남편에게 하소연은커녕 아이 양육 문제에 관해 대화조차 하기 싫어진다.

어느 날 아빠는 엄마와 아이가 치르는 전쟁을 보게 된다. 이 장면을 지켜보던 아빠는 참다못해 소리를 지른다. 아빠는 육아의 고단함에 익숙하지 않기 때문이다. 심지어 아빠는 아이에게 회초리를 들기도 한다. 아이를 체벌한 후에 여러 가지 감정이 뒤섞여 아빠의 마음도 편치 않다. 그 이후로 아빠는 육아에서 더 멀어진다.

준수가 잠투정이 심한 것은 엄마의 양육 방법에 문제가 있기보다는 아기의 몸 상태나 기질의 문제로 생각해 볼 필요가 있다. 예민한 기질 자체는 문제가 아니다. 자라면서 예민함을 어떻게 스스로 통제하고 조절할 수 있느냐가 관건이다. 예민함을 긍정적인 방향으로 활용할 수 있다. 아이가 정서적으로 안정되도록 기질에 맞게 지속적으로 보살펴 주어야 한다.

아기의 기질에 문제가 없다면, 아기의 몸 상태가 좋지 않을 수도 있고, 아기가 낮에 있었던 일로 정서적인 반응을 보이는 것일 수도 있다.

낮잠을 자는 시간의 간격이 바뀌었을 수도 있다. 원인을 여러 방향에서 찾을 수 있다면 아기가 밤에 잠을 자지 않는 문제는 쉽게 해결할 수 있다. 최악의 경우에는 시간에 맡기는 것도 또 다른 해결 방법이다.

더 큰 문제는 준수 부모의 감정 문제이다. 준수 엄마는 아기 양육 문제로 남편과 멀어지는 느낌이 들고 미움이 생기기 일보 직전이다. 아빠는 양육에서 멀어지고 가족에게서 멀어질 수 있다. 심지어 아기가 아빠를 닮아 칭얼거린다며 부정적인 감정을 느끼는 것은 위험하다.

나 언제부터 남편에게 부정적인 감정이 생기기 시작했나요?

엄마 남편이 아기를 때리면서부터요.

나 그것이 어머니에게 큰 충격이었군요.

엄마 네. 제가 아기를 혼낼 때는 몰랐는데 남편이 아기를 혼내니까 정말 화가 났어요. 꼭 저에게 화를 내는 것 같은 기분도 들었어요.

나 남편이 어떻게 해 주길 바라시나요?

엄마 남편이 육아에 지친 저보다 아이에게 더 자상하게 대해 줬으면 좋겠어요.

나 그럼 그 마음을 남편에게 전하는 연습을 해보자고요. 다음 시간에는 아빠를 닮은 아기가 미워지는 것에 대해 얘기해요. 꼭 필요한 부분이니까요.

말투를
바꿨더니

육아로 지쳐 있을 때는 남편에게 이렇게 말해 보세요.

"여보, 나 오늘 많이 지쳤어. 준수에게 마음껏 못 해줬어.
당신이 준수에게 좀 다정하게 대해 줘."

엄마를 위한
현실 육아 솔루션

간혹 아이의 행동이 남편에게 투사되기도 합니다. 반대로 남편의 행동이 아이에게 투사되기도 합니다. 엄마는 아이에게 객관적인 시각을 유지할 필요가 있습니다. 아이의 문제가 아니라 부부의 문제라는 것을 먼저 인식해야 합니다.

❶ 배우자와의 관계를 한 번 더 생각해 보아야 합니다. 구체적으로 배우자의 어떤 부분이 마음에 걸리는지 살펴보아야 합니다. 가령, "술을 마실 수는 있어. 그렇지만 아이와 심하게 장난쳐서 다칠까 봐 조마조마해."라고 구체적으로 말을 해야 오해가 생기지 않습니다.

❷ 배우자에게 자신의 이야기를 할 때는 지혜롭게 해야 합니다.
　• 배우자에게 내 말을 들을 상태인지 물어봅니다.
　• 먼저 칭찬을 해 주거나 고마움을 표현합니다.
　• 자신이 원하는 것을 구체적으로 이야기합니다.

❸ 엄마가 행복해야 아이도 행복하다는 말은 너무나 당연한 이야기입니다. 여러 가지로 힘든 나를 스스로 보듬어 보살피는 일이 우선입니다. 그리고 남편에게 솔직하고 담담하게 이야기하는 것이 중요합니다.

04

내가 잘못하는 건 알겠는데
아이 공부만큼은 물러설 수 없어요

봄 학기가 시작된 지 얼마 되지 않은 3월이었다. 알고 지내던 선생님이 상담 자문을 구하셨다. 초등학교 1학년 은교(가명)가 아무것도 하고 싶지 않다고 하고, 늘 무표정에 기운이 없고, 친구들하고도 놀지 않는다고 했다. 선생님의 말씀을 듣고 아이를 만나기로 했다.

조그만 체격에 타박타박 걸어오는 아이를 보았다. 아이가 교실로 들어오는 모습만 봐도 몸과 마음이 지쳐 있는 것을 느낄 수 있었다.

아이의 얘기를 들어보니 일주일 내내 학원을 너무 많이 다녀서 잠시라도 쉴 틈이 없었다. 어른도 그렇게 바쁘면 견디기 힘들겠다는 생각이 들 정도였다. 아이는 어릴 때부터 유치원과 사설 학원에 다니며 선행 공부를 했다. 아이는 자신이 가장 힘든 건 공부하는 것이 아니라 공부를 못하는 것이라고 했다. 초등학교 1학년이 이런 말을 하다니…….

아이와 얘기를 나눈 후에 엄마를 만났다. 엄마도 지치고 기운이 없어 보였다. 여러 학원을 다니느라 쉴 틈이 없는 아이가 정신적으로 정서적으로 얼마나 힘이 드는지, 몸은 얼마나 지쳐 있는지 엄마와 이야기를 나눴다. 그것이 아이에게 얼마나 힘이 드는 일인지 엄마는 잘 알고 있다고 했다. 그러나 남들과 비교하는 마음에서 자유롭지 못하다고 했다. 힘들더라도 공부를 잘해야 한다는 신념이 강해서 어쩔 수 없다고 했다.

1회 상담이라서 아이가 공부를 잘하는 것에 관해 집중적으로 이야기를 나누었다.

초등학교 1학년은 창의력과 사고력 그리고 문제해결력을 기를 수 있는 중요한 시기이다. 그 능력만 있으면 학년이 올라갈수록 공부를 훨씬 잘하는 학생이 된다. 혼자서 생각하는 시간에는 사고력과 창의력이 솟아난다. 친구들과 자주 어울려 놀면서 문제 해결력이 발달한다.

또한 책을 많이 읽다 보면 이해력이 높아져서 공부에 큰 도움이 된다. 쉬는 시간과 독서는 공부를 잘 하기 위해서 반드시 필요하다.

엄마에게 사고력과 창의력 그리고 독서가 왜 필요한지를 구체적으로 말씀드리고, 아이가 휴식하고 즐기면서 노는 환경을 만들어주면 좋겠다는 당부를 잊지 않았다.

한 달이 지나서 엄마에게 연락을 했다. 학원은 줄이지 않고 책을 더 읽으라고 독후감 교실을 하나 더 추가했다는 말을 들었다. 엄마의 말 속에서 심한 우울감이 묻어 나왔다. 그러면서 또 같은 이야기를 반복했다.

"제가 잘못하고 있다는 것은 알겠는데 마음만 그렇지 실제로는 정말 안 돼요. 딱히 어떤 학원을 그만두라고 해야 할지도 모르겠어요. 제가 보기엔 정말 다 중요하거든요."

그 후에 초등학교 1학년 은교 엄마를 다시 만나 상담을 하였다. 엄마의 불안감이 아이에게 나쁜 영향을 끼치고 있다는 것을 알고 있어서 지금의 상황을 다시 설계하기로 했다. 엄마 자신도 어린 시절부터 공부를 잘하고 싶었는데 그렇지 못해서 자존감이 매우 낮은 상태라고 털어놓았다. 그것을 인정하고 아이에게 영향이 가지 않도록 정서적 안정을 찾는 일은 쉽지 않았다. 다행히 감사하게도 은교 엄마는 그 어려운 일을 순조롭게 극복해 나갔다.

엄마와 함께 아이가 공부를 못해서 일어날 수 있는 최악의 결과를 생각해 보았다. 이제는 공부를 잘해야만 출세하는 세상이 아니다. 앞으로 우리 아이들이 살아가는 세상은 학교 성적이 좋아야 잘 사는 세상이 아니라는 것을 엄마는 인정했다.

무조건 공부를 잘해야 한다며 아이를 닦달하지 말고 이렇게 말해 보세요.

"엄마는 네가 혹시 학교에서 공부를 잘하지 못할까 봐
걱정했어. 네가 공부를 못하면 그게 모두 엄마가 제대로
교육을 못 해서 그렇다고, 엄마 탓이 된다고 생각했어.
그런데 이제 그런 걱정이 없어졌어. 솔직히 이제는 네가
엄마 때문에 공부에 흥미를 잃을까 봐 걱정이 돼.
그래서 이제 너랑 의논해서 하고 싶은 것을
먼저 하도록 해 주고 싶어. 엄마와 의논해 보자."

엄마를 위한
현실 육아 솔루션

아이들의 지능은 2세까지의 활동으로 거의 완성됩니다. 그렇다고 2세 이후에는 노력해도 소용없을까요? 학자마다 의견이 분분합니다. 저는 개인적으로 시냅스를 연결하고 확장적인 사고를 할 수 있도록 도와주는 것이 더 중요하다고 생각합니다.

❶ 아이들은 2세까지 거의 비슷한 지능을 만듭니다. 5세까지는 시냅스를 연결합니다. 이 시기에는 사고를 확장하는 활동으로 시냅스 연결 정도의 차이가 더 크게 납니다. 그 후에도 초등학교 4학년까지는 그 능력을 충분히 발휘할 수 있도록 환경을 만들어 주는 것이 지능 개발에 꼭 필요한 과정입니다.

❷ 초등학교 4학년까지는 아이의 수행 능력이 높은지 낮은지를 판가름하기가 쉽지 않습니다. 아이에게 내재되어 있는 능력과 기질이 다 발현되지 않습니다.

❸ 특히 5세까지는 엄마가 '우리 아이는 공부를 잘할 것이다, 아니다.'를 판단하지 않아야 합니다. 5세까지는 우리 아이가 하버드를 갈 것 같다는 생각을 많이 하긴 하지만요.

공부를 못하면 고생한다는
신념을 깨는 게 어려워요

우리는 주변에서 흔히 보게 된다. 부모가 이루지 못한 것을 자식에게 대신 이루라고 하는 것을.

중학교 1학년인 경훈이의 엄마는 경훈이가 공부를 못할까 봐 노심초사하는 편이었다. 평소 예의 바르고 부드럽고 합리적인 엄마이지만, 아이의 공부 이야기만 나오면 화를 내고 소리를 지르는 등 매우 민감하게 반응했다.

경훈이 엄마는 아이들의 공부만 생각하면 마음이 무겁다. 두 자녀 모두 공부보다는 운동과 예능에 재주가 많다. 성품과 인간관계도 아주 좋은 아이들이다. 성격이 밝고 재치도 있다. 단지 기대에 못 미치는 것은 학교 성적뿐이다. 그런데도 성적이 나쁘다는 이유로 모든 것을 다 못하는 아이로 단정 짓고 있었다.

경훈이 엄마에게 그 이유를 물으니 아이들 아빠가 재능은 많지만 그 것을 잘 살리지 못하여 고생을 많이 한다고 털어놓았다. 경훈이 엄마는 아이들도 그렇게 아빠처럼 고생할까 봐 걱정된다며 눈물을 흘렸다. 자신의 형제자매는 전문직으로 일하며 안정된 삶을 살고 있지만 자신만 전공을 살리지 못하고 있다며 아픔을 내비쳤다. 그래서 아이들에게는 무조건 공부를 잘해서 전문직을 가져야 한다는 신념을 가지고 있었다.

공부할 시기에 공부를 안 했다는 후회가 강한 엄마일수록 자녀가 공부를 잘하기를 바란다. 외국어 공부를 게을리한 엄마는 후회를 하며 자녀에게 외국어 공부를 강요하다시피 한다. 자신은 공부를 하고 싶었는데 경제적 사정이 좋지 않아 공부를 못 했던 엄마는 아이들이 좋은 환경에서도 공부를 안 하는 것을 보면 열불이 나서 참을 수가 없다.

공부만이 아니다. 자신의 마음에 들지 않는 성격을 그대로 빼닮은 아이를 보면 더 심하게 화가 나기도 한다. 외모도 그렇다. 자신의 콤플렉스를 아이가 똑같이 안고 살아가지 않았으면 하는 바람이 강하다. 그래서 아이는 아무런 콤플렉스도 느끼지 않는데 엄마가 먼저 성형을 권하기도 한다.

나는 엄마와 상담할 때 엄마가 가지고 있는 신념의 구조를 살펴본다.

그것을 제대로 살피면 상담 효과가 드러나기 시작한다. 합리적인 이론만으로는 엄마의 인식과 행동이 바뀌지 않는다. 생각이 바뀐다고 감정이 단번에 바뀌는 것은 아니다. 엄마가 가진 신념의 구조를 살피는 일은 시간이 오래 걸리지만 인식과 행동을 바꾸는데 효과가 있다.

엄마의 불안이나 분노의 감정, 열등감은 아이에게 그대로 전달된다. 그 고리를 끊어 내는 일을 하는 것이 상담이다. 상담을 받은 엄마는 그 후에 아이가 원하는 삶을 살 수 있도록 돕는다. 그런 과정을 거쳐 부모가 진정으로 어떤 역할을 해야 하는지를 스스로 깨닫는다.

내 마음과 생각과는 달리 말하고 행동하게 된다. 마음과는 달리 생각만으로 아이에게 다가간다면 엄마도 아이도 명확하지 않고 답답한 마음만 남아 있다. 인식이 바뀌고 행동이 바뀐 엄마의 진심이 아이에게 전달되면 무엇이 문제가 되겠는가. 의견 차이가 있더라도 충분히 대화로 풀어나갈 수 있다.

"나중에 다 잘되라고 하는 말이야.
네가 성인이 되면 엄마 말이 무슨 말인지 알 거야.
그때 엄마에게 분명히 고맙다고 할 기니까 엄마가 하라는 대로 해."
엄마 욕심으로 아이에게 강요하는 것이 있다면 한 번 더 생각해 보세요.
그리고 이렇게 자문해 보세요.

'이건 내가 원하는 거야? 아이가 원하는 거야?'

엄마를 위한
현실 육아 솔루션

엄마는 아이가 공부를 못해서 무시당하고 살면 어쩌나 하는 불안감을 가지고 있습니다. 왜 미리 걱정하세요? 그 걱정의 원인을 살펴볼까요? 정말로 아이가 뭔가를 잘 수행하지 못해서인가요? 그럭저럭 잘 하는데, 딱히 뒤처지지도 않는데 불안한 건가요?

❶ 공부를 잘하기를 바라면서도 엄마들은 아이가 공부를 못하게 만듭니다. 그중의 하나는 공부를 억지로 시키는 것입니다. 하기 싫은 공부를 억지로 시키는데 아이가 공부를 잘하고 싶을까요?
억지로 강요하지 말고 재미있게 공부를 접할 수 있도록 도와주어야 합니다. 동기 유발과 자발적인 의욕을 일으키게 되면 공부는 즐기면서 성취감을 느끼는 놀이가 됩니다.

❷ "불안해서 기도하면 기도가 잘 먹히지 않는다."는 말이 있습니다. 잘 할 것이라고 믿고 잘 하고 있는 것에 감사하다고 기도하는 편이 낫습니다. 불안을 믿음으로 바꾸는 일부터 시작해 보세요.

❸ 공부는 그냥 열심히 하면 되는 것이라고 다그치고 있나요? 그럴수록 아이의 의욕을 잃게 만듭니다. 현재의 사실과 상황을 있는 그대로 긍정하는 것이 중요합니다. 아이가 공부를 못한다면 우선 받아들이고 새롭게 변화를 시도해 보세요.

06

주변에서 아이를 편애한대요
전 그렇지 않거든요

상담을 받으러 오는 엄마들에게 나는 아이가 어떤지 묻는다. 그러면 엄마들은 '빨리 좀 물어봐 주시지……'라는 생각을 들켰다는 듯이 만면에 웃음을 띠고 말한다.

"선생님, 우리 아이는 뭘 해도 예뻐요. 떼를 써도 예쁘고 울어도 예뻐요. 어제는 주방 싱크대에 있는 그릇들을 다 끄집어내서 일렬로 쭉 정렬해 놓고 무슨 생각에 빠졌는지 이리도 해보고 저리도 해보고 한참을 놀았어요. 혼자서 노는 게 얼마나 기특하고 예쁜지……. 정말 귀여워요. 혼자 노는 모습을 한참 바라보고 있으면 저절로 행복이란 단어가 떠올라요. 일부러 말 안 듣는다며 화내는 시늉만 해도 애교를 부려요. 정말 너무너무 예뻐요."

엄마는 너무나 행복하고 빛나는 얼굴로 말한다. 아이가 옆에 있었다면 분명 끌어안고 뽀뽀하는 소리가 쪽쪽 났을 것이다. 눈이 반짝반짝 꿀이 떨어진다는 표현이 바로 이런 것이 아닐까 싶다.

나는 "아이가 하나인가요?"라고 질문한다.

"아니요, 둘이에요. 일곱 살짜리 누나가 있어요. 그 애는 말을 잘 안들어요. 늘 쌀쌀맞은 표정에 입만 똑똑해요. 칭얼거리고 잘 울어요. 숙제나 학습지는 몇 번씩 하라고 해야 겨우 하는 척을 해요. 느릿느릿 책상으로 가고 느릿느릿 책을 펴요. 책을 펴 놓고도 무슨 생각이 그리 많은지 한참 동안 멍때리고 있어요. 평소에는 말을 거의 안 해서 답답해죽겠어요. 꾹 다물고 있다가 어쩌다 한 번 얘기하면 무슨 애가 저런 말을 하나 싶을 만큼 얄미운 어른처럼 말해요. 그래서 별명을 '똑똑이'라고 지었어요."

엄마의 표정은 여러분이 짐작하는 대로이다.

나는 엄마에게 상담실에 온 이유를 묻는다.

"큰아이가 말을 너무 안 들어서 자꾸 미워요. 주변에서는 작은애만 예뻐하고 큰애를 미워한다며 차별하지 말라고 해요. 저는 아이들을 차별한 적이 없어요."

이때 나는 엄마에게 두 아이를 이야기할 때의 엄마 표정을 이야기해 준다. 그러면 바로 한숨을 쉬면서 수긍한다. 둘 다 똑같이 낳아 키우는

데 어떻게 이렇게 다른지 모르겠다고 한다.

엄마는 아이를 대하는 모습이 완전히 다르다는 것을 알고 있다. 자신이 분명히 무엇인가를 잘못하고 있다는 것도 알고 있다. 이런 행동을 그만두어야 하는 것도 안다. 그렇지만 뭘 어떻게 다른 방법으로 바꿔서 말하고 행동해야 하는지를 모를 뿐이다.

상담을 진행하다 보면 엄마가 두 아이를 대할 때 얼마나 다르게 대하는지 알게 된다. 두 아이가 같은 행동을 하는데도 완전히 다르게 받아들인다.

예를 들면 한참 생각에 빠져 있는 아이들의 행동을 작은애는 '한참 동안 깊이 생각한다.'고 하고 큰애한테는 '멍때리고 있다.'고 표현한다. 자신의 의견을 분명하고 똑똑하게 이야기하면 작은애는 '하버드를 갈 것처럼 똑똑한 아이'로 받아들이고 큰애는 '얄밉다'고 받아들인다.

남편도 큰애를 키울 때는 바쁘다며 집에 일찍 들어오지 않았고 귀가해서도 많이 놀아 주지 않았다고 한다. 그런데 둘째가 태어난 뒤로는 많이 달라져서 일찍 귀가하고 큰애보다는 작은애에게 눈길을 많이 보내고 안아주었다고 한다. 당연히 큰아이는 동생에게 푹 빠져 있는 아빠를 좋아하지 않을 수밖에.

엄마는 자신이 무엇인가를 다르게 해야 할 것 같기도 하지만 아이들을 위해 최선을 다해 노력하고 있다고 호소한다.

나는 5남매 중 둘째 딸이다. 위로 언니가 있고 아래로 여동생, 남동생, 여동생 순이다. 5남매를 키운 어머니는 자주 이렇게 이야기하신다.

"나는 아들과 딸을 차별한 적이 없다."

그러면 네 명의 딸이 이구동성, 아니 사구동성으로 말한다.

"아니에요, 엄마!"

딸 넷은 제각각 다른 방식으로 차별을 당했다고 말한다. 나중에 어머니는 말씀하신다.

"내가 그랬나?"

말투를 바꿨더니

"엄마는 동생만 좋아하잖아."라는 말을 들었을 때는 어떻게 대답하나요?
"아니야. 무슨 말을 그렇게 해? 엄마는 똑같이 둘 다 사랑해.
네가 먼저 태어났으니까 너를 더 오래 사랑한 거야."
이렇게 말해 왔다면 이제 바꿔서 말해 보세요.
"엄마가 동생에게 더 잘해주는 것 같아서 우리 딸이 서운했구나!"라고
공감을 해준 후

"너희들은 서로 달라. 여러 가지 많이 다르지만 우선 나이가 달라. 그래서 엄마는 다르게 대할 거야. 너는 너에게 맞게 해 주고 동생은 동생에게 맞게 해 줄 거야. 그래도 섭섭한 것이 있으면 엄마와 이야기를 해 보자."

엄마를 위한
현실 육아 솔루션

먼저 엄마 자신도 기분과 마음이 있는 사람임을 인정하고 이해하세요. 엄마는 신이 아닙니다. 아이를 대할 때 다른 모습을 보일 수도 있습니다. 아마도 신이라도 아이마다 다르게 대하지 않았을까요? 아이마다 다 다르니까요. 지금부터라도 아이를 어떻게 대하고 어떻게 대처할 것인지를 생각해 보면 됩니다.

❶ 아이들에게 모든 것을 공평하게 대하려고 하면 더 불공평한 것이 됩니다. 나이와 능력에 따라 누나는 누나의 대우를 하고 동생은 동생의 대우를 하는 것이 더 공평한 거예요.

❷ 차별하라는 것이 아니라 차이를 인정하라는 것입니다. 유치원에 다니는 동생에게 고등학생 형처럼 해외여행을 다녀오라며 용돈을 많이 줄 수는 없잖아요.

❸ 자식들이 성인이 되고 결혼을 하고 그들의 자식들이 생겨서 또 가정을 이뤄서 살고 있습니다. 분가해서 가정을 이룬 자식들이 남편의 제사라고 모두 모였어요. 그때마다 싸움이 나기 일쑤인 집의 어머니는 실어증에 걸렸습니다. 사랑하는 자식들이 험하게 싸우는 꼴을 늘 봐야 하는 어머니는 너무나 견디기 힘들었던 거죠. 부모가 아들 딸에게 바라는 것은 서로 사랑하고 의지하며 살아가는 것입니다.

❹ 자녀가 서로 사이가 좋지 않은 것은 부모의 영향이 큽니다. 재능이 특출하거나 아프거나 해서 한 아이에게 집중하면 다른 아이는 상대적 박탈감이 생길 수도 있습니다. 그때는 그 아이에게 충분한 사랑을 주고 이렇게 말해 주세요. "네가 이해해라."가 아니라 "미안하고 고맙다"고.

07

공부를 못해서 차별을 받았어요

현수 엄마는 상담 중에 이렇게 말했다.

"공부를 못한다고 부모님께 차별을 받았어요. 특히 아버지는 공부 잘하는 자식만 편애했어요."

현수 엄마는 어릴 때부터 온갖 집안 살림을 돌보았는데, 누가 시킨 것이 아니라 바쁜 부모님을 생각해서 혼자서 집안일을 했다고 한다. 이제 상담을 통해 알게 되었다고 한다. '내가 다른 형제자매보다 공부를 못해서 아버지에게 인정을 받지 못했구나. 아버지의 인정을 받기 위해 그 어린아이가 얼마나 힘들었을까.'

하지만 아버지는 그런 적이 없다고, 다섯 손가락 깨물어 안 아픈 손가락이 없다고 하셨다고 한다.

현재 현수 엄마는 남매들 중에 경제적으로 가장 어려운 형편이다. 부모님은 어렸을 적에는 공부를 못한다고 차별을 하고 지금은 돈이 없다고 차별을 한다고 한다.

현수 엄마의 자격지심으로 기억이 왜곡된 것일 수도 있다. 사실이든 아니든 현수 엄마의 과거와 현재에 느끼고 있는 감정이 그렇다는 것이다. 그것으로 인해 현재의 삶에 아무런 영향을 미치지 않는다면 상담이 필요하지는 않다.

현수 엄마는 자신의 부모로부터 차별을 받았고 지금도 그렇다고 믿고 있다. 다른 남매들은 모두가 남들이 부러워하는 전문직이지만 자신은 그렇지 않아서 자존감이 매우 낮다고 하였다. 그러면서 결혼해서도 시어머니에게 치이고 남편에게 속박을 당하고 아이들에게도 절절매는 느낌으로 살고 있다고 하소연했다. 현수 엄마는 몸도 마음도 너무나 약해서 손가락으로 건드리기만 해도 금방 쓰러질 것 같았다.

엄마의 낮은 자존감이 아이들에게 미치는 영향은 매우 크다. 아이들뿐만 아니라 남편과 시댁 식구, 친정 식구들에게까지 기운을 빠지게 만든다. 이렇게 심각한 정도라면 자신이 혼자서 극복하기는 쉽지 않다. 시간이 걸리더라도 상담을 하면서 도움을 드려야 했다. 현수 엄마의 성품이 워낙 자상하고 배려심 있는 편이라 상담 효과는 하루가 다르게 좋게 나타났다.

이제 현수 엄마는 자신을 위해 공부도 하고 자격증도 취득했다. 남편 앞에서도 기죽지 않았고 아이들에게도 자신감 넘치는 엄마가 되었다. 시댁에도 할 말은 당당하게 하고 친정에도 자신이 느낀 이야기를 온화하게 풀었다.

문득 내가 작아 보일 때는 이렇게 외쳐 보세요.

"내가 뭐 어때서?
험한 세상 이렇게 잘 살아내면 되는 거지.
나는 나야. 내 인생에 태클을 걸지 마!"

엄마를 위한
현실 육아 솔루션

우리는 어쩌다 부모가 되었습니다. 물론 처음부터 계획하여 임신하고 출산해서 아이를 성장시키는 플랜까지 마련해둔 부모도 있지만, 대부분은 그냥 때가 되어 사랑하는 사람과 결혼하고 아기를 낳는 것이 당연해서 출산하여 부모가 되었을 수도 있습니다. 내 어머니도 그랬고 어머니의 어머니도 그랬습니다. 이것이 인류의 유산(遺産)입니다. 준비된 엄마가 아니더라도 지금부터 훌륭한 아이로 키우는 방법을 찾아가면 됩니다.

❶ 아이를 온전히 사랑하려면 엄마가 자신을 온전히 사랑해야 합니다. 자존감이 낮다고 생각되면 자신의 기억을 바꾸어 보세요. 기억이 왜곡되어 스스로 나쁘게 평가할 수도 있어요. 우리는 모두 충분히 사랑스럽고 충분히 사랑을 받아야 하는 사람입니다.

❷ 모든 사람이 자신을 사랑하고 온 세상에 사랑을 전파해서 우리 아이가 사랑으로 가득한 세상에서 살게 하는 데 조금이나마 일조하는 것이 나의 소망입니다. 나는 나를 사랑합니다. 우리 아이들도 그것을 원하고 좋아합니다.

❸ 아이들만 이해하고 수용하고 공감하지 말고 엄마 자신에게도 그래야 합니다. 엄마의 자존감을 높이는 것이 먼저입니다. 인간 세계에서 모든 사람이 위대하고 훌륭할 수는 없습니다. 모든 엄마가 위대하고 훌륭할 수는 없습니다. 위대하고 훌륭한 기준은 사람마다 다릅니다. 부모는 자신을 사랑하고 사랑으로 아이를 키우면 됩니다. 자신도 사랑하고 또 사랑으로.

던져놓은 양말을 볼 때마다
돌아버릴 지경이에요

부모 교육을 하다 보면 어떤 한 부분에서 수용하지 못하고 유독 힘들어하는 엄마들이 있다. 엄마들이 힘들어하는 부분은 제각각이다.

"아이가 집 안을 어지럽히는 것은 못 참겠어요."

"아이가 공부하지 않으면 잔소리를 해요."

"아이가 짜증을 낼 때마다 속에서 열불이 나요."

"아이가 너무 수줍어해서 걱정이에요."

이처럼 엄마가 아이를 대할 때 받아들일 수 있는 것과 없는 것의 한계는 모두 다르다. 일반적으로는 이렇게 생각하기 쉽다. 나도 그렇게 생각했다.

'아이의 말과 행동 중에 되는 건 되고 안 되는 건 안 된다고 하면 그뿐

인데 뭐가 힘들어?'

'아이의 언행에 크게 문제가 있으면 훈육하고 웬만하면 수용하고 받아들이면 될 텐데 왜 그걸 힘들어하지?'

아이들의 비슷한 행동에 엄마들이 너무나 다르게 반응하는 것이 있다. 그 이유는 무엇일까?

여섯 살 민수는 양말을 벗어서 아무 곳에나 집어 던진다. 하나는 거실 구석에, 또 다른 하나는 소파에. 민수 엄마는 그것을 볼 때마다 화가 잔뜩 난다. 어느 때는 '저 녀석이 양말을 벗어서 어디로 던지는지 한번 두고 보자'는 생각으로 지켜보기도 한다. 엄마는 민수를 감시하듯 쳐다본다고 한다.

민수가 양말을 벗어서 거실 구석으로 던지는 동시에 엄마는 큰소리로 야단을 친다. 가끔 화가 치밀어 오르면 "몇 번을 말했는데도 또 양말을 벗어서 집어던져? 엄마 말이 말 같지 않아? 너 지금 엄마를 무시하는 거야?" 하며 소리를 꽥 지른다.

민수 엄마는 남편에게도 똑같은 말을 수없이 한다고 했다. 가족이 아닌 다른 사람에게도 마찬가지이다. 누구라도 양말을 벗어서 아무렇게나 놔두는 것을 보게 되면 좋아하던 사람도 싫어진다고 했다.

교육을 함께 받는 엄마들도 자신의 아들이 똑같은 짓을 한다고 이구동성으로 말했다. 아이가 스스로 양말을 벗을 줄 아는 유아기부터 애들은 아무 데서나 양말을 벗어서 휙 집어 던진다고 하였다. 특히 집으로 들어오자마자 현관에서 바로 양말을 벗어 던진다고 하였다. 아들뿐만 아니라 남편은 더 심하다고 했다. 그렇지만 민수 엄마처럼 화가 나진 않는다며 민수 엄마가 너무 예민한 것 아니냐고 했다.

집단 상담 형식의 부모 교육은 장점이 많다. 민수 엄마는 다른 엄마들도 자신과 같은 심정일 거라고 생각했는데 다른 엄마들은 화가 날 정도는 아니라고 하니 '내가 너무 예민하게 받아들였나?'라고 느끼게 된다. 집단 상담 형식의 부모 교육은 개인 상담을 할 때보다 자신의 행동에 대해 훨씬 더 객관적으로 바라볼 수 있는 좋은 기회이다.

민수 엄마는 사실 남편이 양말을 빨래통에 넣지 않고 아무 데나 벗어 놓는 것을 참을 수가 없었는데 아들까지 덩달아 그러니 더 화를 내게 된 것이다. 집단 상담을 통해 민수 엄마(미영 씨)가 왜 양말을 아무 데나 벗어 놓는 것에 과민 반응을 하는지 그 이유를 알게 되었다.

미영 씨는 아버지가 늘 양말을 벗어 아무렇게나 두는 것이 무척 싫었다고 했다. 미영 씨 아버지는 일을 마치고 늘 술을 드시고 오셨는데, 그날 받은 일당의 반 정도를 술값으로 쓰고 오셨다고 한다. 아버지는 집에 들어오시면 씻기는커녕 냄새나는 양말을 아무 데나 휙 던지셨다고 했다. 술도 싫고 아버지도 싫고 구석에 아무렇게나 한 짝씩 처박혀 있는 양말도 무척 싫었다. 말없이 그 냄새 나는 양말을 주워서 치우는 엄마도 싫었다. 나는 엄마처럼 살지 않을 거야라고 다짐하고 또 다짐했다고 한다.

미영 씨는 가족보다는 체면을 중시하던 무능한 술주정뱅이 아버지가 싫었던 것이다. 아무렇게나 벗어 놓은 양말을 그런 아버지의 상징으로 받아들였던 것이다. 남편은 능력이 있고 술을 마시지 않는 사람임에도 불구하고 그 불안을 가족에게 전가하였던 것이다.

미영 씨는 이제 자신이 왜 양말에 민감하게 반응하고 양말로 인해 화가 났는지 알게 되었다. 미영 씨 자신의 문제로 남편과 아들이 무심결에 하는 행동에 화를 냈던 것이다. 자신도 모르게 말을 심하게 하고 인상도 험악했던 자신을 보게 되었다. 이제 그 원인을 알았으니 그렇게까지 과민 반응을 하지 않을 것이다. 그러면서 남편과 아들에게 미안하다고 했다.

**말투를
바꿨더니**

'내가 왜 이렇게 예민하지?'라는 부분이 있을 때는 자신을 돌아보세요.
아이의 잘못이 그렇게 크게 느껴지지 않을 거예요.
과연 아이의 행동이 이렇게나 화를 낼 만한 행동인지 조용히 생각해 보세요.
답을 얻었다면 이렇게 말해 주세요.

"그동안 엄마가 너무 심했어. 미안해!"

엄마를 위한
현실 육아 솔루션

"제가 어렸을 때는 금니는 잘사는 사람의 대명사로 보였어요. 금니를 한 남자와 결혼을 했지요. 치아가 부실해서 겪는 어려움은 비용뿐만이 아니었습니다. 집안 식구들의 음식 문화까지 남편에게 맞추고 있어요."
부모 교육에 오신 어느 엄마의 말씀에 모두 웃었습니다. 그 웃음의 의미는 각자 그런 비합리적인 부분이 하나씩은 있기 때문이지요.

❶ 내가 어떤 부분으로 인해 불편함을 넘어 아픔을 느끼고 있다면 어느 하나의 신념에 매몰되어 있는 상황입니다. 그 증상을 그대로 두면 저절로 없어지기도 합니다. 반면 더 심한 고통이 있을 수도 있습니다. 나도 힘들지만 사랑하는 가족에게도 영향을 끼치니까요. 그럴 땐 과감하게 주위에 도움을 요청하세요. 당신이 나쁘거나 이상해서 그런 것이 절대로 아닙니다.

❷ 유독 내가 어떤 부분에 힘들어한다면 연관된 지난 일들을 떠올려 보세요. 어린 시절의 트라우마를 제대로 알게 되는 것만으로도 삶이 가볍고 풍요로워집니다.

❸ 치료도 해보고 노력해 보아도 아픈 기억으로 인한 어려움이 지속된다면 긍정적인 부분을 찾아 아픔의 비중을 줄이는 것도 한 가지 방법입니다. 가령 아버지가 술값을 내고 오셨기에 불경기에도 일이 끊기지 않아서 경제적인 어려움이 덜했다고 긍정적으로 생각해 보는 거예요.

09

최선을 다하고 있는데
정말 억울해요

하나 엄마는 주위의 하나 친구 엄마들끼리 서로 나눴다는 이야기를 듣고 무척 놀라웠다. 더 이상 사람들을 마주하기 싫어서 이사를 생각할 정도로 배신감을 느꼈다. 계속되는 분노의 감정을 주체할 수 없어서 상담을 받고 싶다고 했다.

하나 친구 엄마들은 자신의 아이들이 학교에 입학하면 하나와 같은 반이 되지 않기를 원한다고 했다. 처음에는 엄마들이 하나가 너무 소극적인 아이라 그러는 것이라고 생각했다. 그런데 알고 보니 하나 엄마 때문이라는 것이다.

하나 엄마는 같은 아파트에 사는 이웃과 잘 지내고 아이에게 필요한 일에는 팔을 걷어붙이고 나서서 다른 엄마들로부터 대단하다, 감사하다는 말을 들어왔던 터였다.

하나가 유치원에서 간식으로 땅콩 한 개를 먹었다는 말을 듣고 유치원에 찾아가서 간식을 넉넉하게 달라고 요구를 했었다. 그래서 유치원에서 양질의 간식을 주게 만들었다. 그 이후로 하나가 무슨 투정을 하거나 다른 학부모들로부터 불만의 소리를 듣게 되면 유치원에 찾아가서 항의했다. 원장님과 여러 선생님들이 아이들을 위해 더 신경 쓰게 했다. 하나 엄마는 자신이 노력하여 유치원이 많이 달라진 것에 뿌듯해하고 있었다. 자신으로 인해 하나뿐만 아니라 다른 아이들도 혜택을 봤는데 왜 엄마들이 그런 반응을 보이는지 이해할 수 없다고 했다.

상담하는 과정에서 하나 엄마는 자신의 과민함을 알게 되었다. 자신이 과민하다는 것을 알고 있었으나 애써 외면하고 있었다는 말이 더 맞는 말이다. 엄마의 과민함으로 하나가 받았을 압박을 알고 있다고 했다. 엄마는 하나에게 그동안 미안했다는 말을 전했다.

하나 친구 엄마들에게도 솔직하고 담담하게 자신의 이야기를 하는 시간을 마련하였다. 하나 엄마의 진솔한 고백에 엄마들은 그동안 느끼고 생각한 것을 솔직하게 이야기해 주었다고 했다.

하나 엄마는 여러 모로 자신과 차이가 많이 나는 집으로 시집을 갔다. 아이가 4세가 될 때까지 직장 생활을 하며 친정에 도움을 주었다.

시댁에서 직장을 그만두고 아이의 교육에 힘쓰라고 해서 순순히 따르고 아이를 돌보는 일에 몰두했다.

하나 엄마는 하나를 잘 돌보고 있다는 것을 시댁에 보여주기 위해 애를 썼다. 하나의 작은 말과 행동에 민감하고 과민하게 반응했다. 하나에게 '이렇게 해야 한다, 저렇게 해야 한다'고 잔소리와 간섭을 했다. 하나에게 매사에 조심하라는 말을 잊지 않았다. 특히 시댁에 갈 때는 하나의 옷은 물론 양말 하나, 머리핀 하나까지 신경을 썼다. 하나에게 조금이라도 불편한 일이 생기면 유치원에 찾아가서 항의를 했다. 엄마의 모든 시선과 관심이 하나에게 집중되었다.

하나는 엄마가 이렇게 애를 써서 키우는데도 자꾸만 의기소침해지고 말수가 적은 소심한 아이가 되어가고 있었다. 엄마가 유치원에 찾아오는 것을 싫어했으나 엄마는 그것을 무시하고 하나의 모든 일에 발 벗고 나섰다. 시댁에 아이를 잘 키우고 있다는 인정을 받고 싶었던 것이다.

하나 엄마에게 시댁에서 인정받지 못하면 일어날 수 있는 최악의 상황을 예상해 보라고 말씀드렸다. 결과는 생각보다 심각하지 않았다. 하지만 지금처럼 계속 시댁의 눈치를 보면서 살아가는 삶은 어떻게 될지, 또 하나에게 일어날 수 있는 최악의 상황은 어떻게 될지는 상상하기조차 싫다고 했다.

말투를
바꿨더니

엄마가 아이에게 지나치게 과민한 것이 있으면 스스로 반문해 보세요.

'내가 왜 이러지? 우리 아이가 그렇게 잘못한 것인가?
나는 아이에게 뭘 바라는 것일까?
대부분의 엄마들도 이럴까?'

엄마를 위한
현실 육아 솔루션

획일화된 교육을 받던 예전과는 달리 각자의 개성을 인정해 주는 문화로 바뀌고 있습니다. 그러나 개성이라는 이름으로 타인에게 반감을 일으키고 생활이 불편하다면 깊게 생각해 볼 필요가 있어요. 개성이 아니라 그 불편함의 원인이 무엇인지를요.

❶ 우리의 생활 방식에서 단순하고 사소한 일인데도 편견이나 반감을 가질 수 있습니다. 친구들 사이에서 이상하다거나 별나다며 "넌 왜 그래?"라는 말을 듣기도 합니다. 그 순간 딱히 떠오르는 말이 없어 "난 그래. 그게 나야."라고 대답합니다. 개성으로 볼 수도 있어요.

❷ 개성이라고 생각한 나의 행동이나 말이 대부분의 사람들로부터 수용받기 어렵다고 한다면 달리 생각해 보아야 합니다.

❸ 무엇인가에 과민하게 반응한다면 분명히 원인이 있습니다. 원인을 알면 나 자신을 이해하게 됩니다. 나 자신을 이해하면 그동안 애써 왔던 나에게 더 애잔함과 사랑이 느껴집니다. 그리고 그 증상이 현저히 완화됩니다. 나를 사랑하는 사람으로 거듭나기를 바랍니다.

너무 성급한 건 아는데
고쳐지지 않아요

내가 어느 기관에서 상담사로 근무할 때의 일이다. 저녁 시간에 아이의 상담을 예약한 엄마가 있었다. 아이가 너무 느리고 아무것도 모르며 그 무엇도 하지 않는다고 호소하였다. 지능의 문제가 아닌지 걱정이 되어 지능 검사도 하고 싶다고 했다.

7세의 조그만 남자아이와 부모가 상담실에 왔는데, 엄마는 아이의 어린 동생을 안고 있었다. 상담실에 들어오자마자 엄마는 아이에게 빨리 외투를 벗으라고 했고 옆에 있던 아빠는 얼른 아이가 옷 벗는 것을 도와주었다. 엄마는 아이에게 계속하여 신발을 벗어라, 빨리 올라가서 앉으라고 재촉했다. 품에 안고 있는 동생이 약간 칭얼거려서 부모님에게 아이를 먼저 상담하겠다고 말했다.

아이는 대기실에 있는 여러 가지 놀이 기구에 관심을 보였다. 그래서 나는 아이에게 놀잇감 하나를 선택해서 상담실로 가자고 했다. 엄마의 말처럼 그 무엇도 하기 싫은 아이는 아니었다. 아이가 놀잇감을 고르려고 눈을 반짝이며 살피고 있었다. 엄마는 아이에게 빨리 고르라고 두어 번 재촉했다. 기다리는 나에게 미안한 마음이 들었을 것이다. 나는 괜찮다며 선택할 수 있는 시간을 충분히 드리겠다고 했다. 놀잇감을 마음대로 선택하게 충분히 시간을 주는 것이 아이의 마음을 안정시키는 방법 중 하나이다.

아빠는 아이에게 조용히 다가가서 "뭐가 좋아?"라고 물었다. 아이는 말없이 손가락으로 보드 장난감을 가리켰다. 엄마는 계속하여 빨리 선생님과 상담실로 들어가라고 재촉했다. 아이는 느릿느릿 아빠가 건네주는 장난감 상자를 받아 들고 아주 천천히 상담실로 들어왔다.

아이는 놀잇감으로 또래 아이들과 다름없이 규칙과 순서대로 잘 수행했다. 지능도 정상이었다. 필요하지 않다고 했지만 엄마의 요청으로 지능 검사를 했다. 예상대로 수리 부분에서는 오히려 지능이 높게 나왔다. 엄마는 처음에 의외라는 반응을 잠깐 보였다. 그러다 바로 수긍하며 자책을 했다.

엄마는 아이가 잘못이 아니라 자신의 조급함이 잘못이라는 것을 받아들이고 싶지 않았다고 했다. 누구나 자신의 잘못을 인정하는 것이 쉽지 않을 수 있다. 주위에 있는 사람 특히 남편이 태평하거나 너무 느긋하게 아이를 기다려 준다면 괜히 화가 더 난다. 내가 조급하다는 것이 확연히 보이기 때문이다. 다행히 엄마는 자신을 인정하고 수용하였다.

엄마의 성격이 급하면 "빨리빨리!"를 입에 달고 살게 된다. 엄마의 성격이 급하지 않아도 마찬가지다. 아이의 기질이 느리면 엄마는 숨이 넘어가려고 한다. 사실 아이의 기질이 느리지 않아도 엄마는 숨이 넘어가려고 한다.

아이가 스스로 빨리 하게 하려면 아이가 선택하게 하면 된다. 가령 아이에게 옷을 입힐 때는 "이 옷 빨리 입어라."라고 재촉하기보다는 "둘 중에 어떤 것을 입을래? 네가 선택해." 하며 아이가 선택할 때까지 기다려 주는 것이 좋다. "곧바로 입을 수 있겠니?"라고 한 번 더 존중해 준다. 숙제와 같이 꼭 해야 하는 일에는 "할래, 안 할래? 선택해."가 아니라 "학원 가기 전에 할래? TV 만화 보기 전에 할래?"라고 말하는 것이 좋은 방법이다.

**말투를
바꿨더니**

아이에게 선택권을 주고 아이의 삶에서
한 걸음 물러나면서 이렇게 말해 주세요.

*"어떤 것을 선택할래?
이 정도는 네가 결정할 때가 되었어. 많이 컸으니까."*

꼭 하라고 해야만 겨우 하는 아이들이 있습니다. 하지만 늘 그런 것은 아닙니다. 아이는 재미있는 일은 빨리하고 재미없는 일은 느리게 합니다. 자신이 선택한 것은 빠르게 하고 자신이 선택하지 않은 것은 엄마가 하라고 해야 겨우 합니다. 하기 싫은 일은 억지로 천천히 하게 됩니다. 자신의 일이 아니라 엄마의 일이라고 여기기 때문입니다.

❶ 아이에게 자율권을 주고 선택하게 하고 주도적으로 추진할 수 있게 해 주세요. 잘 수행하지 못할 것 같은 일은 처음에 도와준다고 하세요. 아이에게 주도권과 선택권을 주고 기다려 주면 엄마도 편합니다. 아이가 스스로 알아서 선택하고 주도해 나가니까요. 아이들이 선택할 수 있도록 차츰 더 많은 기회를 주면 엄마는 더 편해집니다.

❷ 선택권이 주어지면 하기 싫은 일도 자신의 일이 됩니다. 주도적으로 선택을 하게 되면 계획, 실행, 평가를 스스로 합니다. 옛말에 마당을 쓸려고 하는데 엄마가 마당을 쓸라고 명령하면 더 하기가 싫어진다는 말이 있습니다. 아이가 자발적으로 할 수 있게 도와주세요.

❸ 아이들에게 선택권을 주라고 하면 엄마들이 모두 같은 질문을 합니다. "그러다 진짜 할 것을 안 하거나, 안 할 것을 한다고 하면 어떡해요?" 절대 허락할 수 없는 것은 애초에 선택권을 주지 않아야 합니다. 언제 할 거냐, 어떻게 할 거냐의 선택권을 줍니다.

아이가 말을 하지 않는 것이
엄마 때문이었군요

"선생님, 세희가 무슨 생각을 하는지 도무지 알 수가 없어요. 분명히 세희가 많이 힘들어 하는 것을 알겠는데 무엇 때문인지 말을 하라고 해도 아예 입을 열지 않아요. 혹시 학교폭력이라도 당하는 것은 아닌지 정말 걱정이었어요. 일부러 친구들을 집으로 데리고 오게 한 적도 있었어요. 그때는 친구들과 이야기를 조근조근 잘 하더라고요. 어떻게 하면 우리 세희가 속마음을 털어놓을까요?"

중학교 1학년 딸을 둔 엄마가 상담실로 찾아와서 말했다. 딸이 집에서는 거의 실어증에 걸린 아이처럼 말을 한마디도 하지 않는다고 했다. 뭘 물으면 고개로 의사 표현을 할 뿐이고 반응이 없을 때도 있어서 너무 답답하고 걱정이 되어 정신과에 문의한 적도 있다고 했다.

세희는 무표정으로 엄마를 따라 상담실에 찾아왔었다. 첫 상담을 마치고 나서 세희는 밝은 표정으로 말했다.

"선생님, 말을 하고 나니 정말 속이 시원해요. 엄마뿐 아니라 친구들에게도 말을 못 했어요. 이런 이야기를 하면 재수 없다고 할걸요. 오늘 처음으로 선생님께 말씀드린 거예요."

엄마에게 말하지 않은 이유가 궁금하다고 했더니 세희는 이렇게 말했다.

"엄마에게는 아무 말도 안 해요. 아빠에게는 그 전부터 말을 안 했고요. 한번은 선생님께 꾸중을 들은 적이 있었어요. 수업 중에 자꾸 뒤에 있는 친구가 말을 거는 거예요. 몇 번 대꾸를 해 주었는데 계속 그래서 대답을 안 했어요. 그랬더니 그 애가 볼펜으로 등을 찌르더라고요. 좀 참았다가 제가 화를 냈어요. 선생님께 들켰죠. 교무실로 불려가서 혼나고 집에 왔어요.

기분이 너무 나빠서 엄마에게 말했어요. 그런데 엄마는 다 듣지도 않고 '그래도 선생님께 그렇게 말하면 안 돼. 선생님은 3년 동안 계속 봐야 하는데. 그 애한테 처음부터 말 걸지 말라고 했어야지. 네가 뭔가 잘못을 했으니까 더 혼났겠지. 아니면 그냥 좀 참든지. 성격이 아빠 닮아서 큰일이야. 다음부터는 조심해라.' 뭐 이런 잔소리만 계속했어요. 기분이 더 나빠져서 밥도 먹기 싫었어요.

요즘에는 시험 때문에 너무 힘들었어요. 엄마한테 말하면 분명히 '왜 시험을 못 쳤냐? 다른 애들은 어땠냐?'며 내가 공부를 열심히 안 해서 당연히 그렇다고 할 거예요. 엄마와 말을 하면 늘 기분이 더 나빠져요. 그래서 말을 안 하는 게 나아요."

엄마는 세희가 자신을 많이 닮았다고 했다. 생각이 많고, 말이 별로 없고, 사소한 말에 마음을 다치는 것은 자신의 예전 모습이라고 했다. 엄마는 결혼 전에는 지금 세희가 하는 것처럼 말을 거의 하지 않았다고 했다. "결혼 후 남편이 내게 계속했던 말을 지금 제가 세희에게 하고 있네요."

세희 엄마(혜련 씨)의 말을 들어보니, 세희 아빠가 하는 말을 이제는 혜련 씨가 세희에게 하고 있었다. 혜련 씨는 자신도 모르게 남편의 말투를 닮아가고 있다는 사실에 경악하며 좌절했다.

남편은 혜련 씨에게 모진 말과 험한 말을 많이 하는 편이었다. 빈정거리는 말투를 들을 때마다 혜련 씨는 무시당하는 것처럼 느껴졌다. 남편은 본심은 그렇지 않은데 말투가 그렇게 나온다고 했다. 혜련 씨도 그렇게 믿으려고 했지만 계속 빈정거리는 말을 들으면서 상처를 많이 받고 있었다. 혜련 씨는 남편에게 듣던 말을 세희에게 그대로 하고 있었다고 생각하니 가슴에 멍이 들도록 자신을 때리고 싶다고 했다.

언제부턴가 혜련 씨는 자신의 부드러운 기질과 성향을 잃어버렸다. 상처받지 않으려고 철갑옷을 입고 살았던 것이다. 혜련 씨는 세희가 남편에게서 자신과 같은 상처를 받지 않게 하려고 무던히 애를 썼다. 남편이 세희에게 말할 일이 생기기라도 하면 혜련 씨가 앞서 말해 버렸다. 세월이 흐르면서 혜련 씨는 자신도 모르게 조금씩 남편의 말투가 자신의 말투가 되어버린 것이다.

세희와 엄마가 서로를 이해하고 안아주며 토닥이는 모습은 뭉클한 장면이었다. 모녀는 아빠의 빈정거리는 말투로부터 더 단단해지자며 다짐을 했다.

나는 "아빠의 말 습관을 바꾸는 방법은 아빠가 스스로 자신의 말 습관을 인지하고 바꾸려고 노력하는 것이 가장 빠른 방법입니다."라고 알려 주었다. 모녀는 한목소리로 아빠가 그렇게 하지 않을 것이라고 했다. 다만 아빠는 말 습관이 좋지 않을 뿐이지 가족을 사랑하고 있다는 것에는 동의했다. 세희와 엄마는 아빠 앞에서 서로 따뜻하게 배려하는 이야기를 나누는 모습을 계속 보여주기로 했다. 아빠도 언젠가는 말투가 바뀌기를 기대하며 노력하기로 했다.

상담 후에 한 달이 채 지나지 않아 세희 엄마로부터 연락이 왔다. 남편이 세희의 바뀐 모습을 보고 놀라워하며 함께 상담실에 오기로 했다는 말을 전했다. 세희 아빠도 사실은 마음속으로 자신의 말 습관이 바뀌기를 간절히 원했던 것이다.

말투를
바꿨더니

아이가 말을 하지 않을 때는
솔직하게 이야기하는 것이 가장 감동을 주는 방법입니다.

"세희야! 엄마가 잘못 생각하고 판단한 것이 있어.
세희에게 미안해."

엄마를 위한
현실 육아 솔루션

엄마의 걱정과 불안은 자녀에게 그대로 전가됩니다. 세희 엄마는 남편에게서 받은 상처가 있습니다. 남편이 준 상처를 딸에게도 줄까 봐 노심초사했어요. 그것을 미리 방지하기 위해 남편을 바꾸기가 어려운 상황에서 세희를 먼저 바꾸려고 했습니다. 남편이 세희에게 개입하기 전에 엄마가 먼저 나선 것입니다.

❶ 부모의 말과 행동은 서로에게 영향을 주기도 하지만 아이도 크게 영향을 받습니다. 딸이 속마음을 말하지 않는다면 부모의 영향을 받고 있는 것입니다.

❷ 상담실에 오는 사람은 보통 엄마입니다. 아빠는 애들이 클 때는 다 그런 것이라며 엄마의 호소를 일축합니다. 사실 아빠도 궁금하고 바꾸고 싶지만 용기가 없어서 오지 못하기도 합니다. 세희의 아빠는 용기를 내어 상담실에 왔습니다. 어색한 얼굴로 왔다가 환한 얼굴로 돌아가는 부부의 뒷모습이 참 아름다웠습니다.

❸ 부정적인 악순환이 계속되는 고리는 누군가가 끊어야 합니다. 아이보다 아빠보다 엄마가 용기를 내어 상담실을 찾습니다. 변화하기 위해 노력하는 것만으로도 충분히 용기 있는 사람입니다. 문제의 절반은 이미 해결된 것입니다. 그 고리는 용기 있는 사람이 먼저 끊을 수 있습니다.

매사에 아이가 너무 답답해요

경진 엄마는 장을 보고 오는 길에 학교 앞에서 아들을 기다렸다. 경진이를 데리고 상담실에 가기로 했기 때문이다. 초등학교 2학년인 경진이는 교문을 나서며 엄마를 발견했다. 그런데 엄마를 봐도 별로 반가운 기색이 없었다. 같은 반 친구들에게 가볍게 손을 흔들며 작은 소리로 "안녕!" 인사를 하고 엄마에게로 왔다.

경진이는 고개를 숙인 채 엄마를 따라가는 모습이 즐겁지 않아 보였다.

"경진아, 기분이 안 좋아? 학교에서 무슨 일 있었어?"

"아니에요."

"엄마가 학교로 데리러 와서 기분이 나쁜 거야?"

"아니에요."

"왜 그렇게 기분 나쁜 표정이야? 말을 해야 엄마가 알지."

경진이는 엄마의 말에 대답하지 않고 터벅터벅 엄마를 따라 왔다.

상담실에 온 경진이는 여기가 어딘지 몰라서 어리둥절한 표정으로 상담실을 둘러보았다. 엄마는 경진이에게 상담실에 온다는 이야기를 하지 않았던 것이다. 엄마는 경진이가 어디든 잘 따라다녀서 말을 안 했고, 학교 앞에서 반기기는커녕 싫어하는 것 같아서 말을 못 했다고 전했다.

사실 경진이는 오늘 친구들과 놀기로 약속한 날이었다. 엄마가 학교에 와 있어도 친구와 놀고 싶다고 말을 할 수도 있었다. 놀 수 없더라도 친구와 약속했었다는 말을 엄마한테 할 수 있었는데 그 말을 하지 못했다.

엄마는 경진이가 생각은 많은데 행동은 하지 않는 소심한 아이라고 했다. 엄마는 그런 경진이가 몹시 답답하다. 남자아이가 소심해서 사회생활을 잘 해낼까 걱정이다.

엄마와 경진이는 성격이 달랐다. 성격검사를 한 결과를 가지고 두 사람의 성격이 어떻게 다른지 설명해 주었다. 엄마는 경진이의 성격을 비로소 이해하게 되었다. 경진이를 대할 때 어떻게 하면 좋은지 자세한 설명을 듣고 노력하겠다고 했다. 경진이는 개인 상담을 받기로 하고 어머니는 부모 교육 프로그램에 참여하기로 했다.

2014년 〈아빠 어디가?〉라는 TV 프로그램이 있었다. 우연히 그 프로그램의 한 장면을 보게 되어 1회 방송부터 다시 보기로 챙겨봤다. 경진이는 그 프로그램 출연자 중 배우 성동일의 아들 성준이와 성격이 비슷했다. 아빠가 질문하면 성준이는 대답을 하려고 생각하고 있는 그사이에 아빠가 어서 대답하라고 다그친다. 성준이가 빨리 대답을 하지 않으면 아빠가 답답해서 먼저 말한다. 아빠가 결정해 버리고 성준이의 대답은 듣지 않는다. 아빠는 아이가 생각하는 시간이 필요하다는 것을 몰랐던 것이다.

경진 엄마는 결단력과 추진력이 있고 분명함을 선호하는 리더형이다. 경진 엄마 역시 아이가 말할 때까지 기다리기가 답답했을 것이다. 아이의 일인데도 의견을 물어보지 않는다. 그래서 상담을 하러 오는 것도 말을 하지 않고 학교 앞에서 기다렸다 경진이를 그냥 데리고 온 것이다.

〈아빠 어디가?〉에서 성동일은 회를 거듭할수록 성준이의 성격을 이해하게 된다. 아이에게 생각할 시간이 필요하고 기다려야 한다는 것을 알게 된다. 성동일은 평소에는 전과 비슷하게 행동하지만 서로 다른 의견이 있을 때나 선택하고 결정을 내려야 할 때는 성준이가 대답할 때까지 기다린다. 아빠는 **이해하고 수용하고 공감하고 경청하는** 모습으로 바뀌었다. 내가 늘 강조하는 '이수하고 공경'을 하게 된 것이다.

부모 교육을 받은 경진 엄마 역시 차츰 바뀌게 되었다. 상담을 받은 경진이의 얼굴은 얼마 지나지 않아 환해졌다. 경진이가 저렇게 수다쟁이인 것을 엄마는 이제야 알았다고 했다.

말투를 바꿨더니

아이와 무엇을 하거나 어디를 갈 때는 먼저 이야기를 해 주세요.
아이도 나름 계획이 있고 하고 싶은 것을 생각해 둔답니다.
미리 예측하게 해 주세요.

*"경진아! 오후에 이모가 오실 거야.
이모랑 마트에 갈 건데 같이 갈래?"*

엄마를 위한
현실 육아 솔루션

엄마와 아이는 성격과 기질이 다를 수 있습니다. 엄마는 다른 기질을 틀린 기질이라고 생각하기도 합니다. 자신과 다른 것을 틀렸다고 하는 고정관념이나 선입견이 있으면 반드시 문제가 생깁니다.

❶ 아이는 엄마와 다르다는 것을 전제로 접근해야 합니다. 엄마는 아이와 동일시하지 않아야 합니다. 특히 성격이 남편이나 시댁 식구 중 마음에 들지 않는 누군가와 닮아서 더 싫어하는 것은 그만두어야 합니다.

❷ 어떤 경우에는 아이가 엄마 자신과 너무 닮아서 싫은 경우도 있습니다. 닮아서 좋지 않다는 생각도 버리셔야 합니다. 닮은 부분이 오히려 아이에게 좋은 영향을 끼칠 수도 있습니다.

❸ 아이의 생각은 엄마의 생각보다 현명하지 않을 수도 있습니다. 그러니 엄마를 무조건 따라오라고 할 수도 있습니다. 그러나 감정에 더 현명한 것과 덜 현명한 것은 없습니다. 생각보다 감정을 알아주는 것이 좋은 엄마가 되는 길입니다.

13

사춘기 아들과 오춘기 아빠

어느 날 아빠가 중학생이 된 아들과 대화를 해 보려고 시도한다.

아빠 얘야! 여기 좀 앉아 봐라.

아들 왜요?

아빠 아빠와 대화를 좀 하자. 요즘 어떻게 지내냐?

아들 잘 지내요. (그냥 '잘'이라고만 하지 않는 것이 다행이다.)

아빠 학교생활은 잘 하고 있지?

아들 예.

아빠 공부는 잘 되고?

아들 예.

아빠 친구들하고는 잘 지내냐?

아들 예… 잘 지내요. ('예'라고만 하려다 아빠가 너무 안쓰러워서 눈치를 보며 슬쩍 '잘 지내요'라고 덧붙인다.)

아빠 요즘 왕따니 뭐 그런 학교폭력이 많다던데 너희 반엔 그런 거 없어?

아들 예.

아빠 음… 뭐 어려운 일은 없고?

아들 예.

아빠 음… 그리고… 아빠에게 뭐 할 말은 없냐?

아들 예.

아빠 아니, 아빠가 모처럼 대화를 좀 하려고 하는데 할 말이 그렇게 없냐?

아들 어… 뭐… 없어요….

아빠 그래, 알았어. 들어가 공부나 해라.

    공감과 경청, 소통이라는 단어가 넘쳐난다. 아빠는 아들과 대화를 잘 이어나가려고 노력한다. 그러나 아빠는 아들과 대화를 시도해 봐도 그것이 쉽지 않다는 것을 또 한 번 경험할 뿐이다. 더 이상 시도해 보기도 멋쩍어서 대화는 더 단절된다.

    아빠는 아들이 자기를 싫어해서 말하고 싶지 않은 거라고 착각한다. 그리고 괜히 아내에게 아들이 말을 안 한다고 투덜거린다. 자칫 아빠와 엄마가 말다툼을 하는 계기가 되기도 한다.

부모 교육에 참여한 엄마들이 가장 놀라워하는 부분이 있다. 예상치 못하게 아이가 아주 빨리 부모의 말을 잘 듣는 것을 모두가 체험한다. 바로 공감과 경청을 배워서 연습을 하고 집으로 간 이후의 일이다.

이 경험을 하고 난 후에 엄마들이 이구동성으로 하는 말이 있다.

"배우자나 선생님이 꼭 이 교육을 받았으면 좋겠어요."

어떤 엄마는 조부모가 이 교육을 받았으면 좋겠다고 한다.

평소에 소통을 잘 해보려고 노력해도 성공하지 못했던 엄마가 이렇게 효과가 있는 공감과 경청이 가능한 것에는 이유가 있다. 공감에 대해 잘 알고 그것을 연습해서 익힌 후에 아이와 대화를 하기 때문이다.

지금까지 엄마는 아이와 대화했던 패턴이 있다. 이 패턴을 바꿔 한번 시도해 본다. 시도해 보는 것이 처음에는 어색하고 민망하다. 해 보지 않은 것을 할 때는 처음부터 잘 되지 않는다는 것을 염두에 두고 해야 한다.

아이는 엄마가 조금이라도 달라진 것에 민감하다. 그리고 어릴수록 빠르게 반응한다. 생각보다 빠르게 효과를 본다는 것이 놀랍기만 하다.

말투를
바꿨더니

아이와 대화를 시도해 봐도 잘 되지 않습니다.
하지만 아이는 언제나 부모와의 대화를 기대합니다.
이렇게 말하면 아이가 놀라워하고 고맙고 미안한 마음이 들 거예요.

"요즘 너와 대화가 잘 되지 않아서 엄마가 대화하는 법을
공부하고 있어. 엄마가 노력할 테니 우리 잘 해보자."

**엄마를 위한
현실 육아 솔루션**

아이의 말에 공감할 수 없을 때가 많나요? 엄마들은 아이의 말이 공감되지 않을 때 어떻게 해야 하는지 질문을 자주 합니다.

❶ 공감 전에 아이를 이해하는 것이 우선입니다. 아이의 말과 행동에 대해 수용의 범위를 좀 더 넓혀 주세요. 아이의 행동 중 허용할 수 있는 한계를 넓히는 작업을 함께하면 더 많은 공감이 됩니다.

❷ 도대체 공감은 어떻게 하는 것이냐고요? 아이의 입장이 되어 보세요. 아이의 감정을 느껴 보세요. 아이의 입장에서 생각해 보세요. 그래도 잘 되지 않으면 눈을 감고 다시 그 작업을 해 보세요.

❸ 그래도 공감이 되지 않으면 엄마가 노력해도 그 부분은 공감이 안 된다고 솔직하게 말하세요. 공감이 되지 않으면서 공감한 척하는 것은 아이에게 이중 메시지를 주는 것입니다. 이중 메시지는 아이를 더 혼란하게 만듭니다.

14

소통이 안 되던 아빠가 달라졌어요

유아기의 아이들은 놀면서 집을 어질러 놓는다. 아이들이 있는 집은 엄마가 제때 치우는 것이 어렵다. 치우고 또 치우는 일을 끝없이 반복해야 한다. 남편이 퇴근하여 집으로 돌아오는 시간이나 손님이 올 때면 어질러 놓은 것을 정리하는 데 좀 더 신경을 쓴다. 그런데 아이들을 돌보느라 체력이 방전되었거나 먼저 급하게 처리할 일이 생겨서 장난감을 치우지 못하고 저녁 준비를 하기도 한다.

매일 남편이 돌아오기 전에 말끔히 치웠는데 어쩌다 한 번 집 안 정리를 하지 못한 날은 귀가한 남편이 청소도 안 하고 사느냐며 잔소리를 한다. 나도 집에 들어오면 깨끗하게 정리된 것이 좋고 어질러져 있으면 기분이 상하고 짜증이 난다. 그 마음을 이해한다. 하지만 야속하다. 그래서 한마디 한다. 청소하고 깨끗이 치워 놓았을 때는 수고했다는 말 한마디 안 하더니 좀 어질러져 있다고 잔소리를 하느냐며 퉁명스럽게 말을 던진다.

이때 마음속으로 이렇게 생각한다.

'내가 애들 키우느라 얼마나 바쁘고 힘든데 그깟 장난감 정리 좀 안 했다고 잔소리를 해야겠어? 어디 혼자 애 좀 키워 보시지. 잘 해낼 수 있을 것 같아? 나도 직장 다니는 게 애들 키우는 것보다 훨씬 쉬워. 밥을 차려 주면 고맙게 생각하고 집을 치워 놓으면 고생했다고 생각해야지. 다른 곳은 다 깨끗한데 애들 방이랑 거실 좀 어질러 놓은 게 뭐가 어때서? 꼭 못한 것이나 안 한 것만 보이지? 어째서 그런 것만 눈에 띄냐? 쳇! 내가 이제 당신 오기 전에 신경 써서 정리해 놓나 봐라. 치우지 않고 어질러 놓은 채로 그냥 놔둘 거야.'

하지만 남편의 말에 기분이 상했어도 그냥 기분 나쁘지 않게 바빠서 못 치웠다고만 한다. 말해봤자 싸움만 날 것이고, 말하기도 귀찮을 만큼 기운이 빠지기도 하고, 말해도 남편이 변하지도 않을 것 같아서 그냥 말을 하지 않는다. 집에 있으면서 바쁘긴 뭐가 바쁘냐고 한마디만 더 하면 정말 들이받을 거라고 속으로 생각하지만 다행히 남편은 아무 말이 없다.

육아에 전념하는 전업주부든 직장에 다니는 워킹맘이든 힘들고 지치는 것은 마찬가지다. 그때 남편이 서운한 소리를 한마디 하면 '내가 참는다 참아. 어휴 정말 미워.'라는 생각이 저절로 든다.

남편을 바꾸기는 쉽지 않다. 배우자를 바꾸려고 하는 순간부터 불행의 시작이다. 상대를 바꾸려면 내가 먼저 바꿔야 한다. 억울한 생각이 들 수도 있다.

부모 교육에 참여한 엄마들은 여기서 배운 대화법을 아이에게 적용한다. 엄마가 아이를 이해하고 수용한다. 아이의 말에 공감하고 경청한다. 당연한 것에도 칭찬하고 격려를 아끼지 않는다. 아빠는 아내가 달라진 모습을 보고 놀라고, 아이도 엄마가 달라진 모습을 보고 신기해한다.

엄마가 아이들을 대하는 모습을 본 아빠는 조금씩 아주 조금씩 달라진다. 엄마가 아이에게 긍정적인 이야기를 하면 아빠도 아이에게 그렇게 한다. 하지만 엄마가 노력하는 것에 비하면 아주 조금씩이다. 아빠는 상담실에 와서 연습하지 않았기 때문이다.

엄마가 아이에게 하듯이 남편에게도 똑같이 하면 된다. 남편도 아이에게 하듯이 아내에게 똑같이 하면 된다. 그러면 집 안이 어질러져 있어도 남편이 "오늘 바빴나 보네. 그래도 안방이나 주방은 깨끗하네. 어질러져 있어서 당신 마음이 더 힘들겠다."라며 아이가 어질러 놓은 것을 주섬주섬 챙겨서 깨끗이 치워 준다.

말투를 바꿨더니

엄마가 먼저 보여주세요. 엄마가 먼저 말을 해 주세요. 먼저 보여주고
따뜻하게 말을 해 주면 소통이 안 되던 남편도 달라질 수 있습니다.

"아이가 어질러 놓은 것을
당신이 치워 주니 한숨 돌리네. 고마워."

엄마를 위한
현실 육아 솔루션

아이와의 대화법을 배우는 엄마들이 하는 말이 있습니다.

"나만 잘 하려고 하니까 속이 터지고 억울해요."

"공감과 경청을 잘 해 주니까 아주 애들이 기어오르려고 해요."

그래도 꾸준히 3개월만 해 보면 아이도 달라지고 나중에는 남편도 달라집니다. 3개월 고비만 넘기면 무엇보다 엄마가 달라집니다. 화를 덜 내게 되지요. 엄마의 노력이 결코 헛되지 않습니다.

❶ 아이에게 이수하고 공경하면 처음에는 아이들이 '엄마가 왜 저럴까?' 하는 표정을 지을 수도 있습니다. 엄마도 민망하고 아이들도 의아해 합니다. 시간이 지나면 아이들이 자연스럽게 받아들입니다. 그러면서 가끔 엄마에게 요구하는 것이 많아지기도 합니다. 가끔이 아니라 자주 엄마를 시험에 들게도 합니다.

❷ 엄마들의 인내가 거의 한계에 도달할 때쯤 엄마의 말을 아이들이 잘 들을 수 있도록 하는 기술을 배우게 됩니다. 그것을 '나-전달법'이라고 합니다. 엄마들의 숨통이 트이는 날이 시작됩니다. 그 후로는 말을 하려고만 해도 아이들이 알아듣는 희한한 일을 경험하게 됩니다. 엄마들에게 기운이 나는 일이 많아졌으면 좋겠습니다.

❸ 물론 남편도 아내를 바라보는 표정이 달라지는 놀라운 경험을 함께하게 됩니다. 소통이 안 되던 남편이 눈에 띄게 달라집니다.

15

엄마에게도 관심과 사랑이 필요하다

주말에 두 가족이 공원에 놀러 갔다. 자리를 잡고 앉아서 아이들이 노는 것을 바라본다. 옆에는 강아지와 함께 산책 나온 나이 지긋한 부부가 있다. 네 살 된 아이들이 강아지를 보고 쫓아다닌다. 그러다 아이 하나가 발에 걸려 넘어진다. 아이가 소리를 내어 크게 운다. 지켜보고 있던 엄마가 쏜살같이 달려간다.

"엄마가 뛰어다니지 말라고 했지? 얘는 강아지만 보면 정신을 못 차린다니까."

손바닥과 옷을 털어주는 것인지 때리는 것인지 구분이 안 된다. 아이는 더 크게 울고 엄마는 더 큰 소리로 울지 말라고 다그친다. 아이는 억지로 울음을 참는다. 지켜보고 있던 노부부도 민망해서 어쩔 줄 몰라 하신다.

아이는 강아지를 좋아하면 안 될 것 같은 느낌이 들지 않을까? 뛰면 안 된다. 넘어지면 혼난다. 울면 더 혼난다. 이런 상황들이 반복되면 아이가 어떤 감정을 느낄까? 또 엄마에게 느끼는 감정은 어떤 것일까?

아이는 매사에 불안과 두려움으로 임하게 된다. 아주 사소한 선택부터 공부, 진로, 결혼 등 모든 일에 자신이 없어진다. 자존감이 낮아지고 엄마에게는 죄책감과 분노의 양가감정이 생길 수 있다.

지금은 양육에 관한 정보가 쏟아지는 세상이다. 부모가 아이에게 관심도 많다. 그래서 이렇게 행동하는 부모는 거의 없을 것이라 믿는다. 오히려 과잉보호가 더 심각할 정도이니.

같은 상황을 다른 방법으로 전개해 보자. 아이가 넘어져서 울고 엄마가 쏜살같이 달려가는 것은 같다.

"넘어져서 놀랐지? 강아지와 같이 놀아서 정말 좋겠구나. 우리 아기가 강아지를 무척 좋아하지? 어디 보자. 다쳤을까 봐 놀랐는데 괜찮네. 다행이다. 엄마랑 같이 강아지 보러 갈까?"

아이는 자연스럽게 울음을 그친다. 엄마와 함께 강아지를 본다는 것이 얼마나 행복한 것인가.

아이의 마음을 알아주는 것과 엄마의 마음을 전달하는 것이 동시에 이루어졌다. 아이는 이렇게 생각할 것이다.

'넘어진 건 아무것도 아냐. 내가 다치지 않아서 엄마는 안심이구나.

난 강아지를 좋아해. 엄마도 나랑 같이 강아지를 보는 것이 좋은가 보다. 우리 엄마는 내 마음을 잘 알아. 엄마와 함께 강아지를 보다니 정말로 좋아.'

엄마는 '뛰다가 넘어질 수도 있어. 좀 다칠 수도 있어. 그렇지만 즐겁고 행복한 시간을 가지는 것이 우리가 원하는 거야.'라는 메시지를 아이에게 전달한 것이다. 이렇게 이해하고 수용하고 공감하고 경청하면 아이는 정신적으로 건강하고 정서적으로 안정이 된다. 자존감도 높아진다. 공부든 일이든 매사에 자신 있게 즐거운 마음으로 임한다. 서로 의논해서 하고 싶은 것을 찾아 즐겁고 재밌게 기꺼이 할 수 있는 아이가 된다. 엄마가 권유하는 것을 존중하게 되고 아이는 자신의 의견을 엄마와 나눌 수 있게 된다. 서로 소중하게 생각하는 것을 존중해 가며 조율할 수 있다.

자존감이 높은 아이들은 자신이 하고 싶은 것을 잘 찾아낸다. 그것을 설득해서 원하는 대로 할 수 있다. 반면 늘 지적당하고 이해받지 못한 아이들은 자존감이 낮다. 자존감이 낮은 아이들은 엄마가 하라는 것을 억지로 하는 아이가 된다. 자신이 무엇을 하면 좋은지를 알아차리지 못한다. 자신의 내면을 볼 수 있는 여유가 없다. 부정적인 감정이 악순환된다.

엄마의 역할은 그 악순환을 선순환으로 바꾸는 것이다. 그 악순환의 고리를 끊어야 하는 사람은 아이가 아니라 엄마이다.

엄마에게 악순환의 고리를 끊고 선순환할 마음이 생겨서 실행할 수 있는 힘이 있어야 한다. 엄마에게는 늘 힘을 내라고만 한다. 엄마의 힘은 그냥 엄마니까 생기는 것이 아니다. 엄마에게도 조금이나마 동기 부여가 있어야 한다. 어떠한 계기가 있어야 한다. 그 동기 부여와 계기가 바로 주위의 관심과 사랑이다. 엄마에게도 관심과 사랑이 필요하다. 그 관심과 사랑으로 아이들에게 관심과 사랑을 줄 수 있다.

말투를
바꿨더니

지치고 힘들 때는 남편이나 아이들에게 잠시라도 휴식하겠다고 요구하세요.
말을 하지 않으면 모른답니다. 단, 너희들 때문이라는 느낌이 들지 않게요.

"엄마가 지금 좀 지치고 힘들어. 잠시 쉬고 싶어."
"여보, 지금 좀 지치고 힘들어. 잠시 쉬고 싶어."

엄마의 마음이 편하지 않으면 작은 일에도 아이를 나무라게 됩니다. 그것이 반복되면 일상이 되지요. 아이에게 화를 낸 후에는 미안하고 마음이 아픕니다. '이렇게 하지 않고 다르게 대응할 수 있었는데' 후회하게 됩니다.

❶ 엄마의 스트레스가 쌓이면 자신도 모르게 반복하여 아이를 나무라게 됩니다. 엄마도 그런 자신이 싫습니다. 엄마는 신이 아니라 한 인간입니다.

❷ 아이의 마음을 알아주는 것에도 엄마에게는 에너지가 필요합니다. 엄마에게도 엄마의 마음을 알아주는 사람이 필요합니다. 그 마음을 알아주는 가까운 사람과 소통해야 합니다. 엄마의 마음도 보살핌을 받아야 합니다. 그런 사람이 필요하면 지금 당장 누구에게라도 연락해 보세요.

❸ 엄마가 편안해지면 아이도 편안해집니다. 서로 편안해지면 따로 훈육하지 않아도 됩니다. 마음을 헤아려 주면 그것이 바로 훈육입니다. 따로 훈육하지 않는 것만으로도 더 많이 편안해집니다. 엄마 자신을 보살피는 것이 우선입니다.

아이에게만 맞추느라 힘든 엄마도 기질과 성격이 있다

어느 날 우리 집 네 자매가 모였다. 한참 동안 이야기꽃에 웃음꽃을 더한다. 두런두런 이야기하는 중에 네 자매의 서로 다른 성격에 관한 것도 나왔다. 네 자매는 모두 내성적이다. 딱 봐도 내성적이라는 것을 알 수 있다. 정도의 차이는 있지만 계획한 후에 행동하는 것을 선호한다. 계획한 것을 모두 실천하지는 못하지만 그래도 먼저 계획해야 마음이 안정되고 일하기가 편하다. 또 정의와 평화에 관심이 많다. 바르게 살려고 노력하고 기질이 온순한 편이다.

네 자매에게는 여러 가지 공통점이 있다. 그럼에도 불구하고 네 자매는 모두 다른 개성을 가지고 있다. 첫째는 국어를 좋아하고, 둘째인 나는 수학을 재미있어 했고, 셋째는 영어를 잘하고, 넷째는 사회에 흥미가 있었다.

이제 네 자매는 모두 엄마가 되었고 자녀들이 많이 자랐다. 자녀들은 엄마들보다 더 다른 성격이다. 다른 개성을 지녔음에도 사촌들끼리 서로 다름을 수용하고 아끼면서 의좋게 지내고 있다.

네 자매 중 맏언니는 책임감이 강하고 성실하다. 건강하고 부지런하다. 주위 사람을 잘 챙기고 세심하게 살펴준다. 일머리가 있어서 일의 순서가 저절로 정해지고 차근차근 일한다. 회계사나 비서나 간호사나 공무원처럼 반복해서 하는 일을 잘 해 낼 수 있다.

집을 정갈하게 꾸며놓고 사람들을 초대해서 맛있는 음식을 대접하면서 살면 행복하겠다고 한다. 자매들끼리 모여서 함께 오순도순 살고 싶어 한다. 모여 살게 되면 주방일은 자기가 알아서 다 맡아서 할 테니 동생들은 하고 싶은 것을 하면서 살면 좋겠다고 한다.

퇴직하면 남편과 함께 봉사단체에 가입하고 도움이 필요한 나라에 가서 봉사 활동을 할 계획이다. 동생들은 모두 언니와 형부라면 분명히 그렇게 할 것이라고 믿는다.

둘째인 나는 상상과 공상을 좋아한다. 몸이 약하고 게으르다. 쉴 때는 유유자적 혼자 노니는 것을 좋아한다. 반면 의미 있는 일을 좋아하고 성취하기를 원한다. 많은 것을 하고 싶어서 계획도 많이 세운다. 실행을 하느냐 안 하느냐는 나중 문제다.

성격 검사에서 계획을 세운 후 일을 하는 부분은 맏언니와 같은 성향이다. 맏언니는 네 자매 중 수치가 가장 높고 둘째인 나는 가장 낮다. 그래서 상대적으로 다른 성격처럼 보인다. 기획하고 창조하는 것을 좋아하고 한 번에 한 가지씩 집중하는 일을 원한다. 가끔 한 가지 일에 몰두하느라 다른 일은 뒷전이 된다. 그래서 일상적인 일에는 늘 게으르다고 생각한다. 일의 목표와 방향을 제시해 주고 디테일한 것은 자주 잊어버리고 빠뜨리게 된다.

맏언니는 나이가 들어서도 소일거리가 있어야 한다. 요양보호사 자격을 취득해서 병원에 간병인 일을 하는 것도 좋겠다. 일하고 싶을 때는 일하고 쉬고 싶을 때는 쉬어도 되니 좋은 일자리라고 한다.

둘째인 나는 직접 몸으로 하는 일은 힘들어서 못 한다. 요양보호사들이 많이 필요하면 그 사람들을 양성하고 교육하는 일을 구상한다.

셋째와 넷째가 맏언니와 나, 두 사람의 서로 다른 성향을 이야기해 주었다.

① 맏언니는 안정주의, 둘째인 나는 도전주의.

② 맏언니는 뭔가 조금 의심스럽거나 불확실한 것은 배제한다. 나는 그 너머의 이떤 가능성을 보려고 한다.

③ 맏언니는 나름의 정해진 순서에 따라 일을 한다. 나는 목표는 같지만 그때그때 길이나 방법이 달라질 수 있다.

④ 맏언니는 이건 이래야 하고 저건 저래야 한다는 원칙을 가지고 있다. 나는 의미 있는 일이라고 생각하면 그냥 하면 된다고 여긴다.

이처럼 비슷한 자매도 다른 점이 많다. 이 자매들이 엄마가 된다. 엄마들에게도 성격과 기질이 있다.

말투를
바꿨더니

아이들과 의견이 다를 때 엄마도 성격과 기질이 있음을 알려주세요.
아이들이 반감을 가지지 않고 의논할 수 있습니다.

"엄마도 너희랑 다른 의견이 있어. 그건 엄마의 성향이야.
그래서 그런 거야. 서로 조금씩 더 존중하면 되는 거야."

엄마를 위한
현실 육아 솔루션

네 자매는 공통점이 아주 많아요. 성격검사 유형에서 보면 각자 한두 가지의 다른 점이 있을 뿐입니다. 그 두어 가지의 다른 점으로 인해 성격도 양육 방식도 다른 면이 많습니다.

❶ 맏언니는 되는 것은 되고 안 되는 것은 안 된다고 합니다. 둘째인 나는 한계를 넓게 정하고 그 한계 내에서는 수용하는 편입니다. 예를 들면 아들이 머리를 어깨까지 기른다거나 딸이 머리를 회색으로 염색을 한다는 것에 대한 수용 정도가 다릅니다.

❷ 이렇게 엄마들의 성향은 같은 점도 있고 다른 점도 있습니다. 엄마의 성향을 배제하지 않아야 합니다. 아이들의 개성과 기질을 중요하게 생각하는 만큼 엄마의 개성과 기질도 함께 존중해야 합니다. 엄마로서 엄마만 생각하고 아이를 무시해서 이기적이라고 할 수도 있지만 엄마이기 전에 한 인간입니다.

❸ 엄마에게도 성격이 있고 아이들과 다를 수 있다는 것을 인정해야 마음이 편해집니다. 아이들이 자라서 고등학생이 되면 오히려 아이들이 엄마의 성향을 수용하게 됩니다. "우리 엄마는 원래 그래!"라는 말에는 포기도 있지만 수용이 더 큽니다.

17

엄마의 성격에 따라 양육 방식도 다르다

이번에는 우리 집 네 자매의 양육 방식에 관해 이야기해 보자.

맏언니는 자녀의 진로를 리드한다. 둘째인 나는 진로를 자녀에게 맡기는 경향이 있다. 그러자 내 딸이 거들었다. "엄마들의 양육 방식이 다른 게 아니라 자식의 성향이 다른 거예요. 맏언니는 자녀의 진로를 리드한다. 아이들이 따라가 본다. 둘째 언니(엄마)는 자녀의 진로를 리드한다. 하지만 아이들이 안 가본다의 차이라고요."

잠자코 말을 듣고 있던 셋째가 말한다. "둘째 언니(나)가 리드하는 건 별로 본 적이 없어. 아이들이 가려고 할 때 그냥 가보라고 했지."

그러자 내 딸이 다시 고쳐서 이야기한다. "리드하려고 했으나 안 된다는 걸 깨닫고 지켜본 거죠."

이 말을 듣고 셋째가 말했다. "아이들이 '따라가 본다'와 '안 따라간다' 도 두 언니의 양육 방식 차이의 결과라고 할 수 있지."

맏언니는 사람들을 잘 챙긴다. 아이들도 어떤 일이 있을 때 가령 면접을 보러 가기 전에 "엄마, 주의할 점을 말해 주세요."라고 묻는다. 맏언니는 세심하게 챙겨주고 점검한다. 아이들도 세심하게 챙김을 받고 안정감을 가진다.

반면에 둘째인 나는 디테일에 약하다. 아이들이 주의할 점을 다 알아봤을 것이라고 생각한다. "너희들이 더 잘 알고 있을 테니 알아서 해."라고 말한다. 소소한 것은 말해 주고 싶어도 생각이 나지 않는다. 아이들도 엄마가 핵심만 이야기하는 것을 좋아한다.

셋째는 어렸을 때부터 아주 영특했다. 키도 크고 너무나 순한 편이어서 엄마 일을 많이 도왔다. 자신이 어렸을 때부터 집안일을 많이 해서 자녀에게는 집안일을 시키지 않는다.

막내는 아이들에게 집안일을 이렇게 저렇게 도우라고 한다.

이렇게 네 자매의 성격은 조금씩 다르다. 양육 방식도 조금씩 다르다. 그 자녀들도 다른 성격과 기질을 가지고 있다. '만약에 엄마가 바뀌어서 아이들을 길렀다면 어떤 결과가 나타났을까?'라고 생각해 본 적도 있다. 아이들과 엄마의 성향이 달라서 잦은 마찰이 있었을까? 아니면 아이들이 엄마의 성향에 익숙해졌을까?

맏언니가 둘째(나)처럼 아이를 키우려고 하면 너무 힘들다. 물론 나에게 맏언니처럼 키우라고 해도 너무 힘이 든다. 아이의 양육은 그것만으로도 어렵고 에너지가 많이 든다. 자기 방식이 아닌 다른 방식으로 키운다면 그것은 정말로 어려운 일이다. 엄마의 에너지가 소진되어 생각대로 양육할 수가 없게 된다. 오히려 힘에 부친 엄마가 자녀와의 관계를 악화시킬 가능성이 더 크다.

네 자매는 아이들을 모두 다르게 키웠다. 아이에게 맞는 성향대로 키웠다기보다는 엄마들의 성향대로 키웠다. 아이들은 가끔 이모들의 성향을 좋아했지만 기본적으로 자신의 엄마들의 성향이 좋다고 한다. 그것이 부모의 성향을 닮아서이든 길들여진 것이든.

네 집의 자녀들은 이제 어엿한 청소년이 되었다. 모두 나름의 개성대로 행복하게 잘 살고 있다.

자녀가 엄마에게 다른 방식의 양육을 원하거나 성격이 반대일 수 있다. 아이가 바라는 엄마가 되는 것은 너무 힘이 들 수 있다. 그렇다면 서로 조금씩 양보하고 노력하고 이해하고 수용해야 한다. 물론 공감하고 경청하면서. 다른 것을 인정하고 수용하는 것도 아이들에게 큰 공부이다.

엄마와 아이가 서로 아끼고 사랑하고 있다는 감정이 충분히 공유되고
열심히 노력하고 있다는 것을 알면 얼마든지 양보하고 조율이 가능합니다.

"엄마는 엄마의 성향이 있어. 너희들의 성향도 존중해 줄 테니
엄마의 성향도 존중해 주길 바래.
엄마는 너희들의 성향을 충분히 이해하고 존중해 주려고
노력하는 거야. 너희도 다름을 인정해 주면 좋겠어."

엄마를 위한
현실 육아 솔루션

엄마에게도 성격과 기질이 있습니다. 자녀의 성격과 기질을 검사하고 자녀에게 맞는 육아법을 아는 것이 중요합니다. 그리고 엄마의 성격과 기질도 알아야 하고 엄마에게 맞는 육아법을 아는 것도 중요합니다.

❶ 아이는 학교나 기관에서 상담하면서 성격이나 기질, 성향이나 진로 탐색을 합니다. 부모는 자신의 성향과는 관계없이 부모 교육에서 나오는 것으로만 따라 하게 됩니다. 부모에게 맞지 않는 양육 방법은 효과가 적을 뿐만 아니라 역효과가 날 수도 있습니다.

❷ 아이의 성격과 기질에만 관심을 두지 말고 엄마의 성격과 기질에도 관심을 두어야 합니다. 서로 다름을 인정하고 엄마와 아이가 서로 조율해서 성장해야 합니다. 서로 조율하고 타협하는 것을 배우는 것도 중요합니다.

❸ 엄마는 먼저 아이의 성향을 이해해야 합니다. 그리고 아이에게 엄마의 성향을 이야기해 주어야 합니다. 너와 내가 다르다는 것을 이야기하는 거죠. 다른 것일 뿐 아이가 틀렸다는 것은 아닙니다. 아이도 엄마를 이해해야 합니다. 그래도 서로 이해하기 어려운 부분이 있다면 전문가의 도움을 받아보세요. 엄마와 자녀가 서로 이해하고 존중하는 데 도움이 됩니다.

18

장점 찾기의 달인이 된
비행 청소년의 할머니

심각한 비행 청소년 손자에게 할머니가 칭찬 일기를 써서 손자가 완전히 달라졌다는 유명한 일화가 있다.

손자는 비행 청소년들과 어울려 다녔다. 뭘 하고 다니는지는 모른다. 밤늦게나 새벽에 집으로 온다. 학교에는 잘 가지 않고 낙제를 할 지경이다. 홀로 손자를 키우고 있는 할머니는 너무 힘이 들어 선생님을 찾아갔다. 선생님은 할머니에게 손자의 장점을 칭찬하는 일기를 써 보라고 권유했다. 할머니는 손자에게 장점이나 칭찬할 것이 하나도 없다고 했다. 그러자 선생님은 "집에는 잘 들어오나요? 밥은 먹나요? 씻기는 하나요?" 등등의 질문을 했다. 할머니는 모두 그렇다고 했다. 선생님은 이렇게 말했다.

"그럼 그것부터 시작하시면 됩니다. 우리가 손자를 위해 실행할 수 있는 작은 것부터 용기를 가지고 해 봐요."

할머니는 우선 칭찬 일기를 써 보기로 했다. 서툴지만 작은 것부터 쓰기 시작했다. 그리고 얼마 지나지 않아 할머니는 손자가 수많은 장점이 있는 멋진 아이라는 것을 알게 되었다.

칭찬을 하다 보면 공감이 저절로 되기도 한다. 칭찬과 공감이 함께하면 놀랄 만큼 일이 호전된다.

말투를 바꿨더니

"매일 집에 들어와 줘서 정말 고맙구나."
"집에 들어오면 할머니가 해준 밥을 잘 먹어 줘서 기쁘구나."
"늘 깨끗하게 씻으니 좋구나."
"아프지 않아서 할머니 걱정을 덜어 주는구나."
"할머니의 칭찬 일기를 잘 읽어 주니 힘이 난다."
"엄마 아빠 생각이 많이 날 텐데 할머니 마음 아플까 봐 말을 안 하는 것을 할머니가 알고 있어. 고맙구나."

이렇게 칭찬과 고마움을 함께 표시하면 점점 더 구체적인 장점을 발견하게 됩니다. 서로의 마음을 알게 되지요. 심리·정서적 거리가 짧아지게 됩니다. 이수하고 공경하는 할머니처럼 되도록 노력해 봐요.

엄마를 위한
현실 육아 솔루션

"내가 뭘 해도 엄마는 못마땅하게 여긴다." "내가 뭘 해도 엄마는 내가 모자라게 했다며 더 잘 하라고 한다."라고 말하는 청소년이 많습니다. 이제 "네가 이만큼 한 것을 엄마는 대견하다고 할 것이다." "조금이라도 했으면 그건 발전한 것이라고 할 것이다."로 바꿔보세요. 그것이 엄마의 몫입니다. 작은 변화에도 칭찬을 찾아보세요. 결과보다는 노력한 과정을 격려해 보세요.

❶ 아이들에게 칭찬할 것은 무궁무진합니다. 상담하러 온 아이에게 10가지 칭찬을 바로 할 수 있습니다. 엄마들도 칭찬하다 보면 모두 칭찬의 달인이 될 수 있습니다.

❷ 아이들의 칭찬 찾기의 달인이 되었다면 이제 엄마 자신에게도 칭찬하세요. 가끔 아이들이 화가 날 만한 행동을 할 때가 있지요. 그럴 땐 혼자 집에서 큰소리로 외쳐보세요.
"야! 너희들! 이런 엄마 만난 걸 행운으로 알아. 이렇게 노력하는 엄마가 어디 흔한 줄 아나? 엄마는 대단한 사람이야. 알겠어?"
속도 후련해지고 기운이 나서 더 잘 하겠다는 의욕이 생길 수 있어요.

❸ 아이들만 사랑하지 말고 엄마 자신도 사랑하세요. 엄마가 행복해야 아이들도 행복하다는 것을 마음에 새기세요. 아이보다 엄마 자신에게 먼저 칭찬하세요.

2장

아이 마음을
헤아려 주고
용기 주기

"아이 마음만 알아줘도
충분해요."

언제나 아이의
마음 알아주기가
먼저다

아이가 문제 행동을 일으켜서 훈육을 해야 하는 일이 발생한다. 가르침은 늘 필요하다.
훈육은 문제가 발생한 후에 꼭 필요하다. 훈육에 앞서 아이와의 대화가 먼저이다. 대화
를 하면서 마음을 헤아려 주기만 해도 문제가 해결된다. 문제가 발생하기 전에 마음을
헤아려 주면 문제가 발생하지 않기도 한다.

아이의 마음을 알아주고 공감을 하면 문제를 미리 예방할 수 있다. 설령 아이가 문제
행동을 하더라도 가장 쉽고 간단한 해결 방법은 마음 알아주기다. 이것이 전쟁에서 싸
우지 않고 이기는 방법이다.

우리 아이들에게는 부모의 따뜻한 말이 필요하다. 따뜻한 공감을 받은 아이들은 스스
로 자신이 잘못된 아이라고 생각하지 않는다. 아이들은 자신도 모르게 하는 행동이 많
다. 자신이 잘못한 것이 아니라 조금만 다르게 행동하면 좋아진다고 생각한다.

공감은 자존감을 높이는 가장 중요한 방법이다. 모든 일을 즐겁게 하는 방법이기도 하
다. 물론 공부를 스스로 하는 데에도 큰 도움을 준다. 언제나 마음 알아주기가 먼저다.

● ● ●

머리 깎을 때마다 전쟁이에요

　　나는 조용하고 평온함을 추구하는 성격이다. 나는 아들 효진이가 어렸을 적부터 말귀를 알아듣든지 말든지 무슨 일이든 차근차근 설명해 주었다. 그렇게 한 이유는 효진이와 내게 힘든 일이 생기지 않기를 바랐기 때문이었다. 신통하게도 효진이는 알아들었는지 잘 따라 주는 편이었다.

　　효진이의 기질 자체가 순응하는 품성이었는지, 나의 차근차근 설명해주는 방식이 효과가 있었는지는 정확히 알 수 없으나 그냥 나의 조용하고 평온한 바람이 통한 것이라고 생각하고 싶다.

　　효진이는 아기였을 때 머리 깎는 기계 소리를 들으면 놀라서 크게 울었다. 매번 머리를 깎을 때마다 애를 먹었고 미용사에게도 미안했다. 깨끗하게 머리를 감겨서 집으로 돌아올 수도 없었다. 나도 힘이 들었지만 효진이도 온몸이 땀으로 범벅이 되었다. 집에 와서도 머리를 감길 수 없었다. 효진이는 머리에 손을 대지도 못하게 했다. 전쟁을 치르지 않기 위해 뭔가 다른 수를 내야 했다.

나는 머리를 깎으러 가기 일주일 전부터 효진이에게 마음의 준비를 시켰다.

"아유, 우리 효진이 많이 컸네. 팔도 길어지고 손도 커지고 머리도 커지고 머리카락도 많이 자랐네. 크니까 더 멋있어졌네. 머리를 예쁘게 깎으면 더 멋있겠다."

이렇게 말했더니 효진이는 머리를 깎는다는 말에 놀라서 울상이 되었다.

"우리 아들 머리 깎을 때 많이 힘들었지?"

아이는 다 알아듣는지 고개를 크게 끄덕이며 "응" 하고 대답했다. 그러고는 머리 깎는 것이 싫다는 표현을 하며 내 품에 안겼다.

나는 머리를 깎는 것이 싫고 무서운 것이 아니라 머리 깎을 때 나는 기계 소리에 놀라게 되었다는 것을 인식시켰다.

"우리 효진이가 아기 때는 머리 깎을 때 윙 소리가 나서 많이 놀랐지? 이제 조금 더 컸으니까 조금만 놀라겠네. 그래서 이젠 조금만 울다 말겠네."

이렇게 말하면서 효진이를 꼭 안아주었다. 그리고 그다음 날 또 이야기했다.

"머리를 깎으면 더 멋있어지는데 소리가 좀 커서 놀라긴 했겠다. 지금은 효진이가 어제보다 조금 더 커서 조금만 놀라겠네."

그다음 날엔 이젠 놀라지도 않을 만큼 컸다고 말해 주었다. 그리고 그다음 날 물어봤다.

"소리가 좀 나더라도 안 울고 머리 깎을 수 있겠니?"

효진이는 걱정이 되는 표정이었지만 고개를 끄덕였다. 나는 우리 아들이 많이 컸고 멋지다며 꼭 안아주었다.

그다음 날 "우리가 머리를 깎으러 갈 텐데 오늘 갈래? 아니면 내일 갈까?"라고 물었다. 머리를 깎는 것은 당연한 것이고 언제 갈지는 효진이가 선택하게 했다. 효진이는 내일 가자고 말했다. 나는 머리를 깎으러 가서 우리 효진이가 얼마나 컸고 얼마나 멋있어졌는지 보여주자고 했다. 다음 날 효진이는 의젓하게 머리를 깎고 머리를 감는 것까지 도전해 보겠다고 했고 멋지게 해냈다. 이 일은 효진이가 자존감이 쑥쑥 올라가는 계기가 되었다.

어려운 일이 있을 때 아이가 힘들 것이란 예상이 되면 아이가 성장할 수 있는 기회가 생겼다고 생각하자. 힘들기보다 해결할 수 있는 방법을 찾을 수 있는 것이다. 변화와 발전의 즐거움과 성취감을 맛보게될 것이다.

무엇인가 아이들이 힘들어하는 일을 하게 될 때 미리 말을 해 주면 더 빨리 문제 행동을 멈출 수 있다. 문제 행동이 일어난 후의 훈육보다 미리 예방을 할 수 있는 방법을 찾아보자.

머리 깎는 일을 꼭 해야 한다며 아이가 자고 있을 때 미용실에 가면 더 크게 더 오래 울 수도 있다. 엄마의 이런 행동은 아이가 불신을 쌓는 계기가 된다. 다시 머리를 깎을 때는 더 큰 어려움을 겪게 된다.

말투를 바꿨더니

아이는 머리 깎는 것이 싫은 것이 아니라 머리 깎는 기계 소리가 싫은 것입니다. 구체적인 것을 알았다면 누구에게든 지혜롭게 말해 줄 수 있습니다.

"아들, 공부를 못하는 것이 싫은 것이 아니라
노력하지 않는 것이 싫은 거야."
"딸, 엄마는 그 친구가 미운 것이 아니라 그 친구의 말이나
행동 때문에 네가 마음이 상할까 봐 걱정하는 거야."
"여보, 당신이 늦게 들어오는 것이 싫은 것이 아니라 술을
너무 많이 마셔서 속을 버릴까 봐 화를 낸 거예요."

엄마를 위한
현실 육아 솔루션

아이가 싫어하는 것을 꼭 해야 할 때는 차근차근 순서대로 말을 해 보세요. 조금씩 아이를 안심시키는 것이 필요합니다. 무턱대고 갑자기 그 일을 겪게 하면 아이에게 신뢰를 잃고 세상에 대한 불신을 갖게 합니다.

❶ 머리 깎는 것이 싫은 것이 아니라 머리 깎는 기계 소리에 놀랐다는 것을 인식시켜 주는 것이 중요합니다.

❷ 아이들에게 처음부터 원하는 결론을 얻기는 쉽지 않습니다. 이해하기 쉬운 말로 구체적인 것을 이야기해 주어야 합니다. 작은 단계로 쪼개어서 설명하는 것이 중요합니다.

❸ "밥 안 먹으면 아이스크림 안 준다."보다는 "두 숟가락만 더 먹으면 아이스크림 하나를 줄게. 어때? 할 수 있겠어?"라고 구체적으로 이야기해 보세요. 아이가 선택하게 해 주면 자존감이 높아지고 자립심과 독립심을 길러줍니다. 자신이 약속한 것을 실천하려고 노력하면서 책임감도 길러집니다.

예식장에서 소란을 피울까 봐 걱정이에요

이번 주 일요일에는 지인의 자녀 결혼식이 있다. 나는 모처럼 정장을 입고 구두를 신고 참석할 예정이다. 그런데 아이들을 데리고 예식장에 가서 결혼을 축하해주고 밥을 먹고 무사히 잘 다녀올 수 있을까? 걱정이 앞선다. 어떻게 하면 기운 빠지지 않고 편하게 다녀올 수 있을지를 생각해 본다.

'그래, 뭔가 어려운 상황이 되면 아이들을 성장시킬 수 있는 기회로 만들라고 했어. 배운 것을 써 볼 수 있는 절호의 기회가 왔다.'

나는 아이들에게 맛있는 간식을 주면서 말했다.

"이번 주 일요일에 우리 가족 모두 예식장에 갈 거야. 전에 신랑 신부가 멋있게 결혼식 하는 예식장 가봤지? 사람도 엄청 많고 맛있는 음식도 엄청 먹고 온 것 기억나? 이번에도 또 갈 거야. 좋지? 그런데 엄마는 좀 걱정이 돼. 엄마가 예쁜 구두를 신고 갈 거란 말이야. 그래서 좀 불편해서 막 뛰지를 못해. 효진이 정민이는 뛰는 걸 잘 해서 거기서도 뛸 수 있어. 아이들은 자기도 모르게 막 뛰게 되니까. 사람이 많은 곳에서 뛰면 다른 사람들에게 피해를 주고 다칠 수도 있지. 엄마가 구두를 신어서 너희들을 따라가서 잡을 수가 없어. 그러면 사람들이 엄마에게 너희들을 잘못 가르쳤다고 흉을 볼 수도 있어. 엄마는 그런 말을 듣고 싶지 않아. 너희들을 따라다니며 잡고 싶지도 않아. 엄마는 너희들이 예식장에서 뛰지 않고 예의 바르게 해 줬으면 좋겠어. 그렇게 해 줄 수 있니?"

이렇게 말하는 동안 나는 중간중간 아이들이 하는 말을 잘 들어 주었다. 이렇게 부탁하면 아이들은 대부분 기분 좋게 할 수 있다고 대답한다.

그런 다음 나는 이렇게 말했다.

"그래, 고마워. 약속해 줄 거라 믿었어. 엄마가 즐겁고 편하게 다녀올 수 있겠네. 그런데 만약에 너희들이 약속을 잊어버리고 뛰거나 큰 소리로 이야기할 수도 있어. 아이들은 자기도 모르게 그렇게 될 수 있거든. 그럴 땐 어떻게 하면 좋을까?"

이렇게 물으면 아이들은 "절대 안 그럴 거야." "그러면 혼내." "말 안 들으면 때려." 등의 대답을 한다.

"와, 그만큼 잘 할 거란 말이지? 꼭 약속을 지키겠다는 우리 아들딸이 정말 멋지구나. 그래도 혹시나 만약에 잊어버리고 뛰게 되면 어떻게 하면 좋을까? 음… 이 방법은 어떨까? 엄마가 '효진아!', '정민아!'라고 다정하게 부르면 멈추기. 어때?"

아이들은 "좋아요."라며 꼭 지키겠다는 의지를 보여준다.

"그래, 우리 아들딸이 엄마의 이야기를 잘 들어줘서 정말 고맙고 기특해. 엄마 기분이 아주 좋아!"

이렇게 마무리하면 된다.

아이들은 엄마를 기쁘게 해줘서 분명 행복할 것이다. 그러면서 마음속으로 꼭 약속을 지킬 것이라는 다짐을 한다.

예식장 가는 날 아침에 차 안에서 아이들에게 이야기하며 약속을 한 번 더 떠올리게 한다.

"우리 효진이 정민이가 약속을 해줘서 예식장을 즐겁고 마음 편하게 가고 있어. 우리 아들딸이 너무 고맙고 기특해."

엄마가 기뻐서 아빠에게 이야기하고 아빠가 또 한 번 놀라워하며 아이들을 칭찬하면 된다.

말투를
바꿨더니

공공장소에서 아이들이 소란을 피울까 봐 걱정인가요? 이렇게 말해 보세요.

"어디서든 뛸 수는 있어. 그렇지만 멈춰야 할 때 멈추는 것이
중요해. 엄마가 어떻게 하면 멈출 수 있겠어?"

엄마를 위한
현실 육아 솔루션

여기서 중요한 것은 엄마가 제시한 것을 해줄 수 있냐는 질문을 하는 것입니다. "그렇게 해!", "그러길 바래!"라는 말로 끝내면 늘 엄마가 하는 말이라서 아이들이 마음에 새겨 두지 않을 수도 있습니다. 명령이나 당부 대신 아이들의 의사를 묻는 것이 아이들이 스스로 자신을 조절하기 쉽습니다.

❶ 아이들에게 의견을 물으면 엄마가 자신들을 존중하고 대우해 주고 있다고 느낍니다. 존중을 받으면 자연스럽게 자신의 행동에 대한 책임감이 생깁니다.

❷ 엄마가 명령하는 것이 아니라 의견을 묻고 아이들이 스스로 '약속'을 한다는 것이 중요해요. 아이들이 스스로 약속을 하고 약속을 지키려고 노력하게 만들어야 합니다.

❸ 예식장을 즐겁게 다녀오면서 아이들이 성장할 수 있는 기회로 만들 수 있습니다. 잘한 것을 구체적으로 하나씩 잘 했다고 해 주세요.

마트에서 난감해요

마트에 가면 아이들이 물건을 사 달라고 한다. 큰 소리로 울거나 아예 바닥에 드러누워서 떼를 쓰는 모습을 종종 본다. 엄마는 난감하고 창피해서 어쩔 줄 모른다. 화를 내면서 아이를 끌다시피 다른 곳으로 데리고 가거나 그 상황을 피하려고 그냥 사 주게 된다.

아이는 떼를 쓰면 엄마를 이긴다는 것을 이미 알고 있다. 그래서 끊임없이 떼를 써서 쟁취하기를 반복한다. 집에 와서 아이를 혼내고 벌을 세우고 회초리를 들어도 아이는 다음에 또 같은 행동을 반복한다. 더 비싼 장난감을 원하고 더 크게 행동한다.

그런 행동이 마트에서 장난감을 사는 것에만 국한된 것이 아니라 모든 상황에서 떼를 쓰는 아이가 된다. 떼를 쓰면 자신의 주장이 관철된다는 것을 학습했기 때문이다.

아이는 계속 엄마를 힘들게 하는 나쁜 아이가 되고 엄마는 아이에게
계속 끌려다니게 된다. 엄마가 아무리 애를 써도 나중에는 서로를 원망
하는 사이가 되기 쉽다. 그런 상황이 생기지 않도록 미리 예방을 해야
한다.

엄마 우리 내일 마트에 갈 거야. 마트에 가면 사고 싶은 게 엄청 많지? 그래 맞
아. 엄마도 사고 싶은 게 너무너무 많아. 그래도 다 살 수는 없으니 필요한 것
만 사는 거야. 마트에 가면 효진이가 사고 싶은 것 하나, 정민이가 사고 싶은
것 하나씩 사 줄 거야. 어때? 좋지?

아이들 오! 예!

엄마 더 사고 싶겠지만 꾹 참고 하나씩만 살 수 있겠니?

아이들이 혹시나 더 사고 싶다고 말하면 충분히 이해하고 수용하고
공감하고 경청하자. 그러면 아이들도 엄마의 제의를 이해하고 수용하
고 공감하고 경청할 것이다.

"자, 우리 효진이 정민이가 좋아하는 것 하나씩 사러 가 봅시다!"라고
외치며 출발하면 된다.

아이들이 고분고분 말을 잘 들으면 얼마나 좋을까? 지금까지 마트 바
닥에 드러누워서 자신의 생각대로 성취한 경험이 많은 아이라면 어떻

게 하면 좋을까? 마트에 가기 전에 미리 예방하는 대화를 나눌 때 한 가지 더 추가할 필요가 있다.

"저번에 마트 갔을 때 효진이가 정말 갖고 싶은 것이 있었지. 엄마는 효진이가 왜 갖고 싶은지 물어보지도 않고 그 장난감을 사 주지 않으려고 했지. 효진이는 엄마가 사 주지 않으니까 안 좋은 행동을 했어. 엄마는 사람들이 쳐다보며 애를 잘못 키웠다며 수군거리는 말을 해서 너무 창피했어. 그래서 거기서 빨리 벗어나려고 비싼 장난감을 그냥 사 주었어. 엄마는 정말 효진이를 잘못 키우고 있는 것 같아서 너무 슬펐어. 그래서 어떻게 하면 효진이가 마트에서 떼를 쓰지 않고 즐겁게 다녀올 수 있을지 많은 고민을 했어. 효진이와 엄마가 의논해서 웃으면서 장난감을 고르고 사 올 수 있는 방법을 생각해 봤어. 엄마는 효진이가 원하는 것을 하나 사 줄 거야. 마트에는 갖고 싶은 것이 정말 많아. 그렇지만 효진이가 조금 참고 떼쓰지 않겠다고 약속해 주면 좋겠어. 약속해 줄 수 있겠니?"

이 말을 할 때 특히 주의해야 할 점은 지금까지 효진이가 한 행동을 비난하는 말투로 해서는 안 된다는 것이다. 엄마와 효진이 그 누구의 잘못도 아닌 그냥 상황이 그랬다는 것만 당당하게 이야기한다.

효진이가 약속을 할 수도 있고 싫다고 할 수도 있다. 약속을 한다면 예식장의 경우처럼 즐겁게 출발하면 된다. 약속을 하지 않겠다고 하면 그 마음에 공감하고 그 말에 경청해야 한다. 충분히 공감하고 경청하고 이해하자.

그래도 약속을 하지 않으면 이렇게 말해 준다.

"그래, 우리 효진이가 갖고 싶은 것이 하나보다 더 많을 것 같아서 약속을 하지 않는구나. 약속하면 꼭 지켜야 하니까 선뜻 약속을 못 하는구나. 약속을 꼭 지켜야 한다고 생각하는 효진이도 멋져. 그런데 엄마는 이제 하나만 사 줄 거야. 효진이가 하나만 선택하길 바래. 그래도 더 사고 싶은 것이 있으면 집에 돌아와서 엄마에게 그 장난감을 사 주어야 할 이유를 잘 이야기해. 엄마가 들어보고 정말 사 주어야 한다는 생각이 들면 사 줄게. 아니라면 안 사 줄 거고. 그리고 마트에서 떼를 쓰거나 바닥에 드러눕는다면 엄마는 효진이가 다 울 때까지 화장실에 가 있을 거야. 효진이가 다 울고 나면 화장실로 오면 되는 거야. 이제 엄마는 효진이를 마트에서 떼쓰는 아이로 만들지 않을 거야. 그래서 엄마는 이 방법을 쓰기로 결심했어."

마트에서 떼를 쓰면 엄마가 단호하게 할 것이라는 것을 미리 알려 주세요.
미리 알려 주면 아이가 마음의 준비를 할 수 있어서 효과가 더 큽니다.
현장에서 아이가 당황해서 놀라지 않기 때문입니다.

"마트에서 떼를 쓸지, 하나만 사고
기분 좋게 집으로 돌아올지는 효진이가 결정해.
엄마는 효진이의 결정에 따라 행동할 거야."

엄마를 위한
현실 육아 솔루션

엄마는 아이에게 명령이 아닌 제안을 하면서 존중해 줍니다. 아이는 엄마의
제의를 받아들여 약속을 하게 됩니다. 엄마는 약속대로 아이들 덕분에 즐겁
게 장을 보고 집으로 돌아올 수 있지요. 아이들은 약속을 잘 지키는 멋진 아들
딸이 되어 돌아올 수 있습니다.

❶ 아이가 떼를 쓰지 않는다면 이미 좋은 훈육이 되었어요. 경청과 공감을 충분히 해도
  떼를 쓴다면 진정 아이가 성장하는 기회가 왔다고 생각하고 단호하게 화장실에 가
  있겠다고 해야 합니다. 화장실이 멀고 아이가 찾을 수 없다면 저 끝 모퉁이에 가 있
  겠다고 하면 됩니다. 그리고 인내심을 가지고 기다려야 합니다.

❷ 아이가 잘 받아들여서 성공하는 훈육이 되었다면 기특하고 고맙다고 하며 좋아하는
  아이스크림을 하나 사 주는 강화도 좋습니다. 울다가 화장실로 찾아와도 얼른 와 줘
  서, 참고 와 줘서 등의 이유로 아이스크림을 사 주세요. 자신이 잘 했다고 생각하고
  자존감이 높아집니다.

❸ 아이스크림을 사 주는 것은 약간의 보상심리를 충족해 주는 것입니다. 보상심리를
  자주 사용해서는 안 되지만 상황에 맞는 보상은 가끔 사용해도 됩니다. 마트에서 장
  난감 사는 것을 조절한 것은 아이에게 보상을 해 주어도 될 만큼의 행동입니다.

약속한 후에 작은 변화에도 격려하라

예식장에 무사히 다녀온 후 아이들과 나누는 대화가 훈육의 완성이다. 훈육 후 변화된 것을 칭찬하면 다음 행동에도 크게 영향을 준다. 집으로 돌아오는 길에 아이들에게 해 주는 말이 아이들에게는 평생의 보약이 된다.

"엄마와의 약속을 잘 지켰다."

"뛰지 않으려고 노력한 것에 감탄했다."

"의젓하고 예의 바른 모습이 예식장에 잘 어울렸다."

"덕분에 엄마가 아주 편안하고 기분 좋았다."

"사람들이 우리 아들딸이 '참 예의 바르다, 아이를 잘 키웠다, 어떻게 이렇게 잘 키웠냐?'고 말했다."

"엄마는 우리 아들딸이 참 자랑스러웠다."

엄마가 집으로 돌아오는 차 안에서 아이들에게 이렇게 칭찬을 한다. 남편이 함께 있을 때 이런 칭찬을 많이 하면 남편도 칭찬을 잘 하는 아빠가 된다.

마트에 다녀오면서도 칭찬을 잊지 않아야 한다.

"많이 사고 싶었을 텐데 하나만 사서 약속을 잘 지켰다."

"우리 아들이 며칠 만에 쑥쑥 큰 것 같고 무척 대견하다."

"엄마가 우리 아들을 잘 키우고 있는 것 같아 기쁘고 행복하다."

"행복한 아들을 보니 엄마도 행복하다."

물론 중간에 장난감을 더 사고 싶다고 말한 것은 나쁜 것이 아니다. 자신의 마음을 솔직하게 이야기했을 뿐이다. 그럼에도 하나만 고른 것이다. 결과적으로 장난감을 하나만 산 것에 대한 칭찬도 중요하다. 엄마와의 약속을 지켜서 장난감을 하나만 사게 된 것을 칭찬한다. 덧붙여서 그 많은 장난감 중에 하나만 고르기란 참 힘들었을 텐데 잘 참은 것을 더 많이 칭찬해 줘야 한다. 중요한 것은 결과보다 과정을 더 많이 칭찬하는 것이다.

마트에서 아주 비싼 장난감이나 정말 필요하지 않은 것이나 엄마가 사 주고 싶지 않은 것 등을 아이가 원하는 경우가 있다. 노트북이나 휴대폰, 큰 장난감 자동차나 나이에 맞지 않는 장난감 등을 사 달라고 할 수도 있다. 이런 경우를 대비하여 마트에 가기 전에 미리 엄마의 생각을 말해야 한다.

"혹시 엄마가 사 줄 수 없는 것을 고르면 엄마가 우리 아들에게 그 이유를 설명해 줄게. 엄마의 의견을 듣고 엄마와 의논해 줄 수 있겠니?"

그럼에도 막상 마트에 가면 아이가 수긍하지 않을 수도 있다. 엄마가 사 줄 수 없는 것을 아이가 선택한다면 "이건 엄마와 의논해야 하는 장난감이구나."라고 말해줘야 한다. 그 장난감을 갖고 싶어 하는 아이의 마음에 또 공감하고 아이의 말에 또 경청하고 네 마음을 이해한다고 하자.

아이에게 아무리 말해도 듣지 않을 때가 있다. 그때는 다시 단호하게 엄마는 사 주지 않을 것이라고 말해야 한다. 엄마는 이 장난감을 사 줄 수가 없고 사 주지 않을 것이라는 의지를 보여 준다. 단호하다는 말은 무섭거나 냉정하다는 것이 아니다. 따뜻하게 엄마의 의지를 보여주는 것이다.

마트에서 상황이 종결되고 난 후에는 또 엄마와 의논이 잘 되고 잘 참고 즐겁게 집으로 돌아올 수 있다는 것을 이야기해 주어야 한다. 상황 중이나 상황이 끝나고 나면 칭찬을 듬뿍 해주는 것이 좋다.

예상되는 상황을 미리 예방하는 훈육만 제대로 해도
육아가 훨씬 쉬워집니다. 어디 예식장과 마트뿐인가요?
염려되는 상황은 모두 이런 방법으로 약속을 먼저 하면 됩니다.
물론 아이들이 모든 약속을 다 잘 지키리라는 확신과 기대는 버려야 합니다.
약속이 지켜져도 지켜지지 않아도 약속을 하지 않고 조마조마한 마음으로
무턱대고 그 상황을 맞이하는 것보다는 조금이라도 더 나아요.
약속을 지키면 반드시 격려해 주세요.

"엄마는 우리 아들이 약속을 잘 지킬 거라고 믿었어."

엄마를 위한
현실 육아 솔루션

아이의 요구를 엄마가 확실하게 들어줄 수 있는 것은 흔쾌히 사 준다고 하세요. "말을 잘 들으면…", "오래 갖고 놀지도 않을 거면서…", "비슷한 거 많잖아…" 등 이런저런 핑계를 대고 조건을 달거나 다짐을 받고 사 준다는 약속은 하지 말아야 합니다. 아이는 자신이 말을 잘 들었다고 생각하는데 엄마는 아닐 수 있습니다. 아이는 오래 갖고 놀았다고 생각하는데 엄마는 또 아닐 수 있습니다. 엄마와 아이의 기준이 다르기 때문에 서로 일치하기 어려운 것은 처음부터 만들지 말아야 합니다.

❶ 만약에 아이가 원하는 것을 사 주면서 조건을 달아야 한다면 구체적인 조건이어야 합니다. 그리고 열심히 노력하면 수행 가능하고 결과가 명확한 것이어야 합니다. 또한 기간도 가능하면 짧게 정해야 합니다. 엄마가 일방적으로 정하는 것이 아니라 아이와 합의하는 것이 중요합니다.

❷ 아이의 의견을 참조해서 약속하면 자신이 정한 약속이기 때문에 더 잘 지키려고 노력합니다. 예를 들면, 다음 달 시험에서 수학 성적 100점 받기나 일주일 동안 신발 정리 매일 하기, 2주 동안 매 끼마다 먹기 싫은 반찬 한 번 먹기, 한 달 동안 매일 아침 7시에 깨우지 않아도 일어나기 등입니다. 엄마가 힘이 들거나 원하는 것을 제시해서 의논하면 됩니다.

❸ 아이를 존중해주는 만큼 아이도 엄마를 존중합니다.

23

훈육보다 마음 알아주기가 먼저다

훈민 엄마는 저녁을 준비하기 위해 주방에서 일하고 있다. 그런데 아이들 방이 조용하다. 조용하면 뭔가 일을 저지르고 있을 것이라는 예감은 늘 적중한다. 그렇지만 밥을 제시간에 맞춰 해야 하기 때문에 그냥넘어간다. 준비를 거의 다 하고 아이들을 부른다. 대답이 없다. 역시 엄청난 일을 저질렀나 보다.

방에 들어가 보니 둘째 정음이와 셋째 창제가 큰아이의 파스텔 크레파스로 스케치북에 그림을 그려 놓았다. 스케치북뿐만 아니라 공책과바닥에도 그리고 침대에도 크레파스가 묻어 있다. 크레파스는 깨지고가루가 된 것도 있다. 두 아이의 손은 물론 얼굴과 옷, 심지어는 머리카락에까지 크레파스가 묻어 있다. 아주 집중해서 그림을 그리고 있는 중이다. 마음의 준비를 하고 들어가 봤지만 생각보다 심각하다.

목욕을 시키고 방을 치우는 것도 힘든 일이지만 큰애가 학원에서 돌아오면 또 한바탕 소동이 벌어질 판이다. 화가 나는 것이 아니라 이젠 정말 기운이 다 빠져서 혼낼 기력이 없다. 숨을 크게 한 번 쉰다. 그리고 부모 학교에서 배운 것을 생각한다.

훈민 엄마는 그 상황에서 아이들을 훈육하기 전에 먼저 공감하고 칭찬하는 것이 힘들었다. 아이들이 잘못한 것을 눈앞에서 보고도 화를 내지 않아야 하고 그 와중에 잘한 것을 찾기가 쉽지 않았다. 화가 나 있는 상태에서 생각도 나지 않았고 공감도 칭찬도 해주고 싶은 마음조차 없었다. 그래도 부모 학교에서 배웠으니 한번 해보자는 마음을 다지며 시도했다.

"와! 우리 정음이 창제가 정말 재밌었나 보구나."

아이들은 방으로 엄마가 들어오는 것을 보고 순간 놀라면서 동작 그만과 함께 겁먹은 표정을 지었다. 그런데 엄마가 의외의 말을 하자 안심한 듯 웃으며 소리쳤다.

"응, 재미있었어."

아이들은 무슨 큰일을 한 후 성과에 만족하는 성취감에 들뜬 얼굴이다. 흡족해하는 얼굴을 보니 화를 내지 않은 것을 잘 했다는 생각이 들기도 한다.

"너희들이 잘 놀아 준 덕분에 엄마는 저녁밥 준비를 다 했네. 자, 이제 밥도 먹어야 하고 언니가 올 시간이 되었으니 얼른 치워야겠다. 재밌게 놀았으니 잘 치울 수 있겠지?"

"예!"

아이들은 큰 소리로 대답은 했지만 이 녀석들이 치워봐야 얼마나 치울까……. 크레파스와 물건들을 정리하고 바닥을 대충 닦았다. 침대 시트는 좀 있다 아이들을 재우기 전에 갈아야겠다. 지금은 너무 바쁘다.

훈민 엄마는 작은아이들의 손을 대충 씻기고 저녁밥을 챙겨 줬다. 작은아이들 밥 먹이고 양치를 시키고 거실에서 TV 만화를 보게 했다. 훈민 엄마는 저녁을 재빨리 준비해야 할 때부터 이미 기운이 다 빠져버린 상태이고 침대 시트를 갈아 끼우는데 마지막 남은 혼신의 힘을 다하고 있다. 이젠 정말 옆에서 살짝만 건드려도 픽 쓰러질 것 같이 힘이 없다. 누군가 한마디만 해도 마구 대들고 소리치고 싶다.

훈민 엄마는 시트를 갈며 생각한다. 울고 싶다. 나도 빨리 자고 싶다. 잠시라도 떠나버리고 싶다. 하루만이라도 입원이라도 해서 해 주는 밥을 먹고 싶다.

이제 훈육을 할 시간이다. 아휴… 또 뭐라고 해야 하나?

"엄마는 우리 정음이 창제가 그렇게 집중해서(집중이란 말을 알아들을까?) 노는 것을 보니 참 대견했어. 언니의 크레파스가 망가지고, 숙제한 것이 엉망이 되고, 바닥도 침대도 크레파스가 묻어버렸어."

아이들은 눈치를 보면서 가만히 있다. 훈민 엄마는 최대한 비난의 말투가 아니라 담담하게 있는 그대로의 상황만을 이야기하려고 노력했다.

"언니는 당연히 화가 아주 많이 날 거야. 엄마도 너희가 어질러 놓은 것을 치워야 하니 힘이 들어. 엄마는 너희가 이젠 언니의 물건을 함부로 만지지 않기를 바래. 오늘은 특히 언니의 숙제를 엉망으로 만들어 놓았어. 엄마가 언니라도 너무 화가 나서 울 것 같아. 언니에게 사과하는 것이 맞겠지. 그렇게 할 수 있겠니?"

애들은 "예" 하고 대답했다. 그리고 강압으로 억지로 사과를 시키지 않았다. 진심으로 언니에게 미안하다고 했다.

말투를 바꿨더니

아이들이 방을 어질러 놓았을 때
"왜 이렇게 어질러 놨어?"보다는 먼저 이렇게 말해 보세요.

"우리 아들이 정말 재미있게 놀았구나."

그리고 엄마가 너무 힘이 들 때는 이렇게 말해 보세요.

*"엄마가 힘이 들어서 너희를 씻겨 줄 기운이 없어.
오늘은 너희가 스스로 한번 씻어볼래?"*

엄마를 위한
현실 육아 솔루션

엄마가 화가 나 있는 상태이고 아이들이 잘못을 저지른 상황에서는 훈육 전에 먼저 공감할 것을 찾기가 어렵습니다. 그럼에도 먼저 하나라도 찾아야 합니다.

❶ 공감한 후에 훈육을 해야 합니다. 훈육 전에는 반드시 칭찬해야 합니다. 칭찬을 할 때는 이것저것 조심해야 할 것도 많습니다. 엄마는 참으로 해야 할 것이 많습니다.

❷ 엄마가 칭찬할 때는 늘 진심이어야 합니다. 아이들에게 거짓 없이 진실한 마음으로 칭찬해야 합니다. 하지만 훈육하기 위해 그 전에 칭찬부터 하려니 도무지 칭찬할 것이 생각이 나지 않지요.

❸ 가끔은 진심으로 칭찬하고 싶지 않은 것을 거짓으로 칭찬하게 됩니다. 지금은 칭찬으로 들려도 나중에 진심이 아니라는 것을 알게 된다면 아이의 마음을 상하게 합니다. 물론 착한 거짓말이나 하얀 거짓말 등으로 표현하는 칭찬도 있어요. 엄마 노릇이 참 어렵습니다.

동생이 어리니까 이해하라는
변명은 통하지 않는다

훈민 엄마는 정음이와 창제가 잘못을 했어도 좋게 마무리를 했다. 아이들에게 화내지 않고 소리치지 않는 것은 성공했다. 매일 몸이 파김치가 되도록 일하는 탓에 아이들에게 TV 만화를 보여주고 시간을 벌었다.

아이들을 씻기고 있는 사이 큰딸 훈민이가 왔다. 훈민이는 이 사태를 알고 난 후에 화를 내다 못해 책상 앞에 앉아서 엉엉 울었다. 그도 그럴 것이 숙제한 노트를 동생들이 망쳐 놓았기 때문이다.

이제 "동생들이 어리니까 이해해라, 모르고 그랬으니 참아라, 엄마가 미처 못 봤다 미안하나, 동생들을 많이 혼낼게." 등의 변명이 통하지도 않는다.

훈민 엄마는 부모 학교에서 그렇게 설득하고 억지로 강요하지 말라고 배웠으니 그런 변명을 하지 않았다. 그보다는 당장 할 일도 있고 무엇보다 큰딸 훈민이를 위로할 힘조차 없을 만큼 몸도 마음도 지쳐버렸다.

큰딸 훈민이에게 밥을 먹으라고 했지만 밥도 다 싫다고 한다. 훈민 엄마는 '그래, 나라도 밥 먹기 싫겠다.'라는 생각을 하며 큰딸에게는 영혼 없이 우선 "미안하다. 이해해라."라는 말을 하고 침대 시트를 살았다. 토라져서 울고 있는 큰딸은 챙기지도 못하고 작은아이들을 재우기 위해 침대 시트를 갈아야 했다.

작은아이들이 큰아이에게 가서 미안하다고 했다. 큰딸은 대꾸도 하지 않고 그대로 앉아 있었다. 정말 다음에 이런 일이 또 벌어지지 않을 거란 확신은 들지 않았지만 화를 냈을 때보다는 아이들이 더 조심하리라 믿고 싶었다.

큰딸 훈민이는 또 어떻게 달래나……. 엄마는 훈민이에게는 뭐라고 해야 화가 풀어질까 또 생각해야 한다. '공감과 경청을 해야겠지.' 지금은 공감과 경청을 해야 할 때라고 생각하며 훈민이에게 다가간다.

'아… 내가 왜 부모 교육을 배워서 이 고생을 하나?'

훈민 엄마는 그냥 예전대로 화내고, 혼내고, 회초리 들고, 벌세우고 그러는 게 훨씬 편하겠다는 생각이 들 만큼 머리도 복잡하고 인내심을 발휘해야 한다.

큰딸 훈민이는 동생들이 저질러 놓은 일들 때문에 많이 속상합니다.
동생들이 어리니까 이해하라는 변명은 통하지 않습니다.
이럴 때는 이렇게 말해 보세요.

"동생들이 이 난리를 쳐 놓아서 많이 속상하지?
숙제까지 망쳐 놓아서 다시 해야 하고……
매번 동생이라서 참아 주는 것도 한계가 있다는 것을
엄마는 알아. 그동안 잘 참아줘서 고마워.
그리고 엄마가 늘 참으라고 해서 미안했어."

엄마를 위한
현실 육아 솔루션

엄마도 지쳐서 보살핌이 필요한 상태인데 더 인내심을 가지고 아이들을 대하라고 말해야 하는 상황입니다. 기운 없는 사람에게 그래도 엄마니까 기운을 내라고 해야 할까요? 단지 "저에게 와서 하소연을 하세요. 제가 다 들어줄게요."라고 할 뿐 드릴 말씀이 없어요.

❶ 큰아이에게 너무 큰 부담을 주지는 마세요. 같은 문제로 상담실을 찾았을 때 작은아이보다 큰아이의 치료가 훨씬 더 어렵고 기간도 길어집니다. 그만큼 너무 참았고 어깨가 무겁고 버겁다는 증거입니다.

❷ 외출했다 집에 오면 늘 큰아이부터 안아주세요. 큰아이도 다른 집에서 태어났으면 막내이기도 합니다. 남편에게도 협력해 달라고 부탁하세요. 작은아이가 쪼르르 달려와서 안기면 눈이라도 큰아이와 마주치고 먼저 큰아이에게 말을 걸어 주라고요.

❸ 동생이 태어났을 때 온 사랑을 받던 큰아이의 상대적 박탈감은 그 무엇과도 비교할 수 없을 만큼 큽니다.

당연해 보이는 것도
칭찬하면 용기가 생긴다

엄마는 초등학교 4학년인 지아가 올 시간이 되어 기다리고 있다. 오늘은 지아가 시험을 치는 날이라서 일찍 온다. 이번 시험은 거의 완벽하게 준비시켰다. 얼마 지나지 않아 지아가 학교에서 돌아왔다. 지아를 보자마자 엄마는 "시험 잘 쳤어?"라고 물었다. 지아는 시험지를 엄마에게 보여주었다.

엄마는 수학을 70점 맞은 지아에게 말했다.

"아니, 수학이 왜 70점이야? 어제 공부할 때는 다 100점 맞았잖아. 이건 아는 문제인데 틀렸네. 아는 문제를 왜 틀려? 집중 안 하고 덤벙대니까 꼭 이런 일이 생기지. 다른 애들은 다 잘 쳤지?"

엄마는 지아의 얼굴은 보지도 않고 시험지만 쳐다보았다. 지아의 말을 듣지도 않고 속사포처럼 말했다.

계속 시무룩해 있던 지아는 그만 울음을 터뜨렸다.

"엄마는 왜 내가 잘 한 것은 말도 하지 않고 꼭 못한 것만 이야기해? 다른 건 다 잘했잖아. 근데 왜 꼭 수학 점수만 이야기해? 엄마는 내가 100점 맞을 때만 좋지? 엄마 정말 미워."

지아는 울면서 문을 쾅 닫고 방으로 들어가 버렸다.

요즘은 아이들에게 이렇게 말하는 엄마들이 거의 없다. 엄마들이 아이를 대하는 법을 전문가 이상으로 잘 알고 있다. 이런 식으로 말은 하지 않지만 이렇게 말하고 싶은 것을 참는다. 그런데 어쩌다 무심결에 이런 상황이 벌어진 것이다.

지아 엄마는 아이의 반응이 놀랍기도 하고 갑자기 머리가 멍해졌다. 국어, 사회, 과학은 100점을 받아 왔다. '그래, 잘한 것은 한마디도 하지 않고 못한 것만 말했구나.'

지아 엄마는 부모 교육에서 배운 대로 지아의 마음속으로 들어가 봤다.

'지아는 수학 시험을 치고 기분이 많이 상했을 것이다. 아는 것을 틀려서 점수가 엉망이라 더 안 좋았을 것이다. 친구들은 거의 다 100점을 맞은 것 같다. 속이 상하고 기분이 몹시 안 좋아 울고 싶다. 집에 가면 분명히 엄마가 또 뭐라 할 거야. 수학 70점 맞은 것도 싫지만 엄마가 뭐라 하는 게 더 싫다. 집에 가기 싫다. 바로 학원으로 가버릴까? 이렇게

한숨 쉬며 어깨가 축 처진 채로 집으로 터벅터벅 걸어왔을 것이다. 배도 고플 텐데…….'

지아 엄마는 잘못했다는 생각이 들었다. 이제 지아에게 뭐라고 말을 해야 할까?

"지아야, 엄마가 미안해. 수학 점수 때문에 지아도 기분이 좋지 않았을 텐데 엄마가 지아 기분은 생각하지 못했어. 지아가 어제 열심히 공부해서 수학 시험도 잘 볼 수 있었을 텐데 실수를 해서 속상했겠다. 엄마가 위로해 줬어야 했는데 미안해. 지아 말대로 다른 과목은 모두 100점 맞았는데 그건 말하지 않고……. 엄마는 지아가 열심히 공부한 것 다 알아. 괜찮아. 엄마는 우리 지아가 다 잘할 거라고 생각하는데 엄마도 모르게 그렇게 말이 나왔어. 정말 미안하고 우리 지아 정말 잘했어."

이렇게 말하면 어떨까? 아마도 실수한 것 때문에 지아는 더 기분이 상했을 것이다. 그리고 지아는 시험을 잘 치길 간절히 바랐을 것이다. 지아 엄마는 공감과 칭찬을 많이 해주기로 했다.

아이가 잘못한 것을 꼬집어 나무라지 말고 잘한 것을 찾아 칭찬해 주어야 한다. 칭찬만 제대로 해도 훈육이 필요 없고 육아가 훨씬 쉬워진다.

부모 교육에서는 아이들의 장점 100가지를 찾는 숙제를 내어 준다. 그럴 때마다 엄마들이 하는 말이 있다.

"선생님! 못하는 것을 100가지 쓰라면 잘 쓰겠는데 잘하는 건 아무리 생각해도 10개도 생각이 날까 말까 해요. 어떻게 100가지를 써요?"

부모 교육 초기에는 엄마들로부터 이런 말이 나온다. 그러나 부모 교육이 끝날 무렵에는 200가지도 쓸 수 있는 엄마가 된다.

**말투를
바꿨더니**

당연한 것도, 당연해 보이는 것도 칭찬해 주세요.

"우리 아들 밤새 잘 자고 일어났네."
"우리 딸 웃으면서 일어났구나.
웃으면서 일어나니까 기분 좋게 하루 시작이네."
"일어나서 혼자 알아서 화장실도 잘 갔다 오네.
덕분에 엄마가 계속 밥을 할 수 있구나. 잘했어. 고마워."
"밥 먹게 세수하라고 하니까 금방 세수하고 왔네. 기특해."
"손도 깨끗하게 씻고 왔구나."
"의자에 똑바로 잘 앉았네."
"우리 아들은 숟가락질도 잘해.
곧 젓가락질도 배울 수 있겠는걸."
"반찬도 골고루 먹고 채소도 잘 먹지."
"흘리지 않으려고 조심하고 먹네."

엄마를 위한
현실 육아 솔루션

칭찬은 뭔가 큰일을 해냈을 때만 하는 것은 아닙니다. 당연한 일에도 칭찬을 해야 합니다. 밥 잘 먹고, 학교 잘 다니고, 친구와 잘 어울려 놀고, 손도 깨끗이 씻고, 장난감을 스스로 치우는 등 칭찬할 것들을 많이 찾을 수 있어요.

❶ 잘한 일뿐만 아니라 사소한 일에도 칭찬해 주세요. 사소하고 당연해 보이는 일에도 칭찬하는 습관을 가지도록 노력해야 합니다.

❷ 아이의 행동을 긍정적으로 바라보면 칭찬할 것이 아주 많이 보입니다. 아이에게 기쁜 목소리로 "와! 혼자서 장난감을 다 담았네", "혼자서 옷을 잘 입었네!"라고 칭찬해 주면 아이는 자신이 한 일을 뿌듯하게 생각할 거예요. 이렇게 하다 보면 자존감이 높아집니다. 자립심과 독립심은 저절로 길러지죠. 시키지 않아도 알아서 하는 아이가 됩니다. 하나하나 시도해 보세요.

❸ 엄마가 아이의 못한 것에 초점을 맞추면 아이는 늘 못하는 아이라고 스스로 낙인찍습니다. 잘하는 것에 초점을 맞추면 아이는 늘 잘하는 아이가 됩니다.

26

너무 쉽게 수긍해서 엄마도 놀랐다

우리 집에 오랜만에 막냇동생이 방문했다. 아이들이 어릴 때 잠시 막냇동생이 우리 집에서 함께 살았었다. 동생은 아이들을 잘 돌보아 주었다. 아이들도 막내 이모를 늘 그리워했다.

이모와 효진이가 좋아하는 TV 프로를 보고 있는 중이었다. 효진이는 태권도장에 갈 시간이 되자 시간을 미루겠다고 했다.

> **효진** 태권도 4시부에 갈래요.
> **나** 오랜만에 TV 보니까 더 보고 싶은가 보구나.
> **효진** 예.
> **나** 이모랑 함께 보니까 너도 더 보고 싶은가 보구나.

예.

이모랑 같이 있고 싶지. 좋아하는 태권도를 늦게 가고 싶어 할 정도로. 그런데 4

시부에 가면 만들기 수업을 못 가는데 어쩌지?

알았어요.

나는 효진이가 너무 쉽게 수긍해서 놀랐다.

**말투를
바꿨더니**

"이모가 왔다고 태권도를 빠지면 안 돼.
그럼 이모한테 다시 가라고 한다. 얼른 준비해서 가."
이렇게 하면 빨리 종결될 수도 있어요.
그런데 더 빨리 상황이 종료되기를 바란다면 이렇게 말해 보세요.

'난 이래!'보다는 '넌 그렇구나!'라고.

엄마를 위한
현실 육아 솔루션

아이의 마음을 알아주면 훈육이 필요하지 않습니다. 아이의 마음을 알아주는 것은 양육에서 가장 강조하고 싶은 부분입니다. 엄마가 먼저 아이의 마음을 알아주면 아이도 엄마의 마음을 알아줍니다. 엄마가 아이를 이해해 주면 아이는 더 많이 변합니다. 엄마도 아이도 더 많이 안정되고 행복해집니다.

❶ 아이의 마음을 이해하고 수용하고 공감하고 경청하면 아이 스스로가 답을 찾는 놀라운 일이 일어납니다. 알아서 변화하려는 의지를 보입니다. 자신이 찾은 답에 책임도 집니다.

❷ 아이의 마음을 이해하고 수용하고 공감하고 경청하면 화를 내거나 다그치지 않아도 됩니다. 몇 번이나 다짐을 받아도 해결되지 않던 문제 행동으로 속상하지 않아도 됩니다. 엄마가 애를 태우지 않아도 마음만 알아주면 문제가 해결됩니다.

❸ "너 그러면 안 돼."보다는 "넌 그런가 보구나."로 대화를 바꿔 보세요.

마음 알아주기가 이런 거였어?

효진이는 이모가 준 용돈을 가지고 이모와 함께 가게에 갔다. 여동생 정민이는 자고 있어서 함께 가지 못했다. 효진이는 장난감을 사면서 정민이 것도 함께 사 왔다. 정민이가 잠에서 깨어나자 효진이는 정민이에게 장난감을 전해 주었다. 정민이는 자는 동안 오빠가 혼자 이모와 가게에 갔다는 사실을 알고 짜증을 내면서 울었다.

나는 정민이에게 이렇게 말했다.
"엄마는 왜 정민이가 기분이 나쁜지 알겠어.
오빠 혼자 가게에 가서 화가 났구나. (더 운다.)
정민이 것은 정민이가 고르고 싶었는데…… (더 운다.)

잠이 드는 바람에 오빠만 가서 짜증이 많이 났구나. (조금 그친다.)

오빠가 정민이가 갖고 싶었던 것을 골라 왔는데도 정민이는 정민이가 고르고 싶은 거지. (울음을 그친다.)

이모가 오빠하고만 같이 가게에 가서 더 그렇기도 하겠네.

오빠는 정민이에게 장난감을 주려고 사 왔을 텐데 어쩌지?"

몇 번 공감을 받고 나자 정민이는 입이 삐죽 나왔지만 오빠가 사 준 장난감을 슬며시 갖고 논다.

만약에 내가 정민이에게 이렇게 말했다면 어떻게 되었을까?

"정민이는 자고 있어서 어쩔 수 없었잖아."

"네가 좋아하는 거니까 그냥 갖고 놀아라."

"오빠가 정민이 생각해서 사 가지고 온 거잖아."

"그럼 다시 이모랑 같이 가서 사거나 바꾸면 되잖아."

아마도 이런 말들을 했다면 계속 실랑이를 했을 것이다.

말투를
바꿨더니

아이의 마음속으로 들어가 보세요.
아이의 입장에서는 분명히 엄마에게 할 말이 있을 겁니다.
아이는 억울할 때도 많아요. 표현이 서툴러서 말을 조리 있고
정확하게 전달하지 못할 뿐이랍니다.
아마도 아이들은 이렇게 외치고 싶을 거예요.

"그게 아니란 말이야. 난 억울해."

엄마를 위한
현실 육아 솔루션

공감과 경청은 아무리 강조해도 지나치지 않습니다.

➊ 태어나서부터 하나하나 모든 것에 신경을 쓰며 키워도 엄마를 멀리하고 싶은 사람이 될 수 있습니다. 엄마가 내 마음을 알아주고 있다고 느끼며 자란 아이, 엄마는 내 마음에는 관심이 없다고 느끼며 자란 아이의 정서는 완전히 다릅니다.

➋ 아이에게는 가르쳐주는 엄마가 아닌 아이의 편이 되어주는 엄마가 필요합니다. 온전하게 아이의 입장에서 공감해주는 엄마가 필요합니다. 공감을 해주고 온전히 사랑해 줄 수 있는 사람은 바로 엄마입니다.

➌ 엄마는 가르치는 사람이 아닌 마음을 알아주는 사람입니다. 코디네이터가 아닌 사랑해주는 사람입니다. 엄마는 인공지능(AI)이 하지 못하는 일을 해야 합니다.

엄마, 그걸 어떻게 알았어요?

상담을 공부하는 사람들 사이에서 유명한 일화가 있다. 내가 상담 공부를 시작하면서 처음으로 들은 사례이다. 너무 마음이 울컥해서 잊히지 않는 이야기이다.

아이 넷을 키우는 엄마가 부모 교육을 받으러 왔다. 그날은 아이의 마음을 알아주는 공감에 대해서 배우고 연습했다. 집에 돌아올 때쯤에 아이들을 돌봐주는 분이 가셨다. 간단하게 장을 보고 집 안의 광경을 상상하며 집 앞에서 심호흡하고 들어갔다. 집에 들어가니 막내가 엄마를 보자마자 반가움을 울음으로 표시했다. 큰딸은 막내가 우는 것을 보고 "엄마, 맛살 갖다 줄까?"라고 했다. 그래서 엄마는 그러라고 했다. 막내가 울면 큰딸이 늘 맛살을 갖다 주는 역할을 했다. 그러면 신기하게도 막내가 울음을 뚝 그쳤다.

큰딸은 냉장고 문을 열고 맛살을 꺼내며 "엄마, 맛살이 하나밖에 없네."라고 말했다. 엄마는 그 순간 오늘 배운 공감을 적용해 보기로 마음먹었다. 큰아이에게 좀 더 관심을 가져야 한다는 선생님의 말이 생각났다.

엄마는 큰딸의 눈높이에 맞게 앉아서 팔을 다정하게 잡았다. 마주 보고 눈을 마주치며 "너도 먹고 싶어?"라고 물어봤다. 그런데 갑자기 큰딸이 놀란 얼굴을 하고 "엄마, 어떻게 알았어?"라고 했다. 그 순간 큰딸의 눈에 이슬이 맺혔다. 엄마의 눈에도 이슬이 맺혔다.

뭐 딱히 그렇게 울컥할 이야기도 아니라고 생각하는 사람도 있을 것이다. 내가 처음 부모 교육 강연을 들었을 때는 감정이입이 되어서인지 이 이야기를 듣고 마음이 너무 아팠었다. 큰딸은 맛살이 얼마나 먹고 싶었을까? 큰딸은 막냇동생에게 급히 맛살을 갖다 주고 너무나 바쁜 엄마에게 "나도 하나 먹고 싶어요"라는 말을 하지 못한 채 지내고 있었던 것이다.

큰딸은 비단 이 상황에서만 말을 못 하고 있던 건 아니었을 것이다. 모든 상황에서 엄마를 배려하고 동생들을 돌보면서 자신은 뒤에 두고 있었을 것이다.

말투를
바꿨더니

아이와 자꾸 공감하다 보면 그리 어려운 것도 아닙니다.
그냥 아이의 마음을 생각해보면 금방 알 수가 있습니다.
따뜻하게 눈을 보며 말해 보세요.

"너도 먹고 싶은가 보구나."

2장 아이 마음을 헤아려 주고 품어주기

엄마를 위한
현실 육아 솔루션

아이들이 무심결에 하는 말에 귀를 기울여야 합니다. 귀를 기울이는 것이 공감의 가장 기본이지요. 그런 후에 아이의 마음속으로 들어가 보세요.

❶ 큰딸과 같이 자신의 욕구를 살펴주지 않고 뒤로 미루는 아이는 어른이 되어서도 희생만 하며 살아가는 사람이 될 가능성이 큽니다.

❷ 희생이 뭐가 나쁘냐는 생각이 들 수도 있어요. 당신은 희생만 하는 사람이 되고 싶은가요? 나는 우리의 아이가 희생만 하며 살던 사람이 되기를 원하지 않아요. 희생만 하던 엄마가 몸도 마음도 만신창이가 되어 상담을 요청하는 일도 있습니다.

❸ 이 사례는 아마도 엄마가 그 순간 공감해야겠다는 생각을 한 것이 큰딸의 삶에 큰 영향을 주었다고 볼 수 있습니다. 아이의 마음에 공감하고 말을 경청하면 아이가 원하는 바가 무엇인지 알 수 있습니다. 행복한 아이로 키우는 것은 아이의 마음을 제대로 아는 것입니다.

엄마는 아빠랑
어떻게 만나서 결혼했어요?

집단 상담 형식의 부모 교육에서 있었던 일이다. 한 주 동안 자녀와 대화한 내용을 기록하는 숙제를 서로 나누는 시간이었다.

엄마와 초등학교 3학년 은경이가 식탁에 앉아서 사과를 먹고 있었다. 은경이가 식탁 옆에 있는 가족사진을 보면서 갑자기 눈을 동그랗게 뜨고 물었다.

"엄마, 엄마는 아빠랑 어떻게 만나서 결혼했어요?"

엄마는 아이의 질문에 이렇게 대답했다.

"몇 살에 어떻게 만나서 어떻게 연애를 시작했고… (중략). 처음 만났을 때부터 아빠가 엄마를 졸졸 따라다녀서 결혼하게 되었어."

은경이는 심드렁하게 듣더니 "응, 알았어." 하고는 무심히 자신의 방으로 들어가 버렸다.

나는 다른 엄마들에게 질문했다.

"은경이의 반응이 왜 심드렁하니 무심해 보였을까요?"

엄마들은 이렇게 대답했다.

"재미가 없었나?"

"너무 길게 얘기했나?"

"크게 궁금하지 않았겠지."

사실 은경이에게는 얼마 전부터 좋아하는 이성 친구가 생겼다. 엄마와 아빠의 연애 이야기보다는 자신에게 좋아하는 남자 친구가 생겨서 앞으로 어떻게 될지가 궁금했던 것이다.

엄마는 사춘기를 시작하는 딸에게 일어난 너무나 중요한 사건을 들을 수 있는 기회를 놓친 것이다. 엄마는 아이의 마음을 읽기보다는 신나서 자신의 이야기를 먼저 했다.

엄마는 그날 바로 은경이에게 다시 물어볼 수 있도록 질문을 연습하였다.

말투를
바꿨더니

아이들이 뭔가를 궁금해하면 답을 말해 주기보다는
왜 그것을 궁금해하는지 먼저 생각해 보면 아이의 마음을 알 수 있습니다.

"엄마는 은경이가 뭘 알고 싶은지 궁금해."

엄마를 위한
현실 육아 솔루션

경청은 상대방의 이야기를 듣는 것이 우선입니다. 아이의 이야기를 들어야 아이의 마음을 알 수 있습니다. 특히 엄마는 대부분 가르쳐야 한다는 생각이 앞서서 먼저 자신의 이야기를 하게 됩니다.

❶ 엄마는 아이가 무언가를 말하면 경청하기보다 자신이 하고 싶은 이야기를 생각하면서 듣습니다. 아이가 말하는 중간에 엄마는 다 알았다는 듯이 말을 끊어버리기도 합니다. 그래서 아이의 속마음을 자꾸 놓치게 됩니다.

❷ 엄마가 자꾸 엄마 말만 하면 아이는 말하는 기술이 아직 발달되지 않았기 때문에 자신의 마음을 충분히 표현하기가 어려워 말을 그만두게 됩니다.

❸ 엄마는 할 말을 생각하면서 듣는 것이 아니라 아이가 무슨 이야기를 하고 싶은지를 아는 것이 중요합니다. 아이가 말할 때 아이의 마음속으로 들어가 봅니다. 공감하면서 이야기를 경청하는 것이 아이의 마음을 제대로 아는 길입니다. 지금 이 시간부터 아이의 마음이 되어 보세요. 분명 아이의 마음을 느끼게 될 거예요.

동생을 때리는 형의 마음

　유아기나 아동기에는 형과 동생이 자주 싸우게 된다. 대부분은 형이 동생에게 폭력을 가한다. 맞고 있던 동생도 가만히 있지 않고 주먹 다툼을 하게 된다. 속상한 엄마는 저러다 다치거나 눈이라도 맞으면 어쩌나 걱정이다. 계속 저렇게 싸우다가 커서까지 사이가 나빠지는 것도 걱정, 저러다 폭력적인 사람이 되지 않을까 걱정이다. 동생은 동생대로 억울함이 쌓여서 피해의식에 사로잡히고 예민한 성격이 될까 걱정이다.

　동생을 때리는 형의 행동은 분명히 달라져야 한다. 그 행동을 엄마는 얼마나 많이 고쳐보려고 애를 썼겠는가? 형에게는 형이라고 혼내고 동생에게는 동생이라고 혼낸다. 타이르고 지적하고 설득하고 충고하고 화도 내고 협박까지 하게 되지만 달라지지 않는다.

이제 효과가 없는 여러 방법은 과감히 중단해야 한다. 발상을 전환해서 현 상황을 보아야 한다. 부정적인 행동을 보는 것이 아니라 긍정적인 행동을 보아야 한다.

폭력에 긍정적인 면이 없어 보일 수도 있다. 그 속에서도 긍정을 찾아내는 연습이 필요하다. 그리고 엄마의 역할은 바로 보이지 않는 아이의 마음속을 보는 것이다. 큰아이의 긍정적 의도와 노력을 알아주는 것이다.

아이들의 행동을 통해 마음을 한번 살펴보자. 큰아이에게 내재되어 있는 속마음은 이런 것이다.

형은 혼자만 독차지하던 사랑을 동생에게 빼앗긴 상처가 있다. 엄마의 사랑을 잃은 상실감은 큰아이에게는 가장 혹독한 감정이다.

엄마는 늘 형이니까 이해하고 양보하라는 말을 한다. 같은 잘못을 했는데도 자기만 혼을 낸다. 하기 싫은 동생 심부름까지 할 때도 있다. 자신이 안겨 있던 엄마의 품에 언제나 동생이 안겨 있다. 아빠는 귀가하면 자기보다 동생을 먼저 안아주고 좋아한다. 형에게는 동생에 대한 질투와 사랑의 양가감정이 있다.

형은 동생의 행동에 화가 난다. 무언가 하려고 하면 자꾸 방해한다. 그렇다고 형이 바로바로 주먹을 날리지는 않는다. 때리는 시늉만 하며 동생을 윽박지른다. 때리지 않으려고 엄청나게 노력하는 것이다. 참을 만큼 참다가 더 이상 참을 수가 없어서 때린다. 때리긴 하지만 힘을 조절해서 때린다. 형이 힘껏 동생을 때렸다면 동생은 크게 다쳤을 것이다. 동생을 때려도 얼굴을 피해서 때린다. 계속 때리고 싶은 마음도 참는다. 형은 나름 마음을 통제하려고 애쓴다. 이런 마음이 형에게 잠재되어 있는 품성이다.

동생을 잘 보살피지 못하고 싸우고 있는 형은 자신이 싫을 수도 있다. 폭력을 쓰는 자신도 마찬가지로 싫다.

이렇게 긍정적인 의도를 찾아 말해 주면 아이의 행동이 달라지기 시작한다. 아이의 무의식과 잠재의식 속에 있는 긍정적인 생각을 끄집어내어 주는 것이 엄마의 역할이다. 더 이상 형이니까 참으라는 말은 하지 않아도 된다.

**말투를
바꿨더니**

형은 동생 때문에 참는 일이 많습니다.
엄마가 이렇게 말해 주면 억울한 감정이 조금은 줄어들겠지요.

"엄마는 네가 동생한테 많이 참아 준다는 걸 알아.
그래서 늘 고맙고 기특해."

형은 형대로 억울합니다. 동생은 동생대로 억울하다고 합니다. 누구의 편을 들어 줄 수 없습니다. 형은 형대로 혼내고 동생은 동생대로 혼내게 됩니다. 정말 둘 다 더 억울해집니다. 혼나는 것이 서로의 탓이라고 생각합니다.

❶ 두 아이에게서 모두 긍정적인 부분을 찾아서 공감해 주세요. 부정적인 생각을 긍정적인 생각으로 바꾸면 아이의 자존감이 높아집니다. 자존감이 높아지면 잠재력을 깨울 수 있습니다. 아이의 장점을 찾으면 잠재력을 빛나게 합니다.

❷ 엄마가 매일 화를 내는 이유는 거의 같은 이유입니다. 같은 일로 반복해서 화를 내고 있는데 상황이 바뀌지 않는 이유는 무엇일까요? 어제도 화를 냈고 오늘도 화가 나고 내일도 화가 날 것입니다. 매일 같은 이유로 화를 내며 같은 말을 반복하고 있는데 왜 아이들은 바뀌지 않을까요?
아이의 행동도 그대로이고 엄마의 화도 그대로입니다. 문제의 행동이 바뀌기는커녕 엄마의 화는 더 커지게 됩니다. 누군가는 무엇인가를 다르게 해야 문제라고 생각하는 행동이 고쳐집니다. 그때 아이의 긍정적인 부분을 찾아내어 말해 주세요.

❸ 문제가 심각할수록 긍정적인 부분을 찾기가 어려워집니다. 반면 심각한 부정적인 상황에서 긍정을 찾아낸다면 효과가 더 크게 나타납니다. 아이들에게 더 큰 감응을 줍니다. 긍정 엄마 되기! 아자 아자!

아이가 느려도 너무 느려요

다섯 살 딸아이의 행동이 너무 느리다. 밥 먹을 때도 옷을 입을 때도 너무 느려서 엄마는 늘 조급하고 화가 난다. "너 오늘 유치원 안 갈 거야? 밥 그만 먹을래? 치워버린다." 하고 윽박지르는 말을 하게 된다. 엄마는 "제발 빨리빨리 좀 해라."는 말을 입에 달고 산다. 딸아이는 옆에서 심하게 다그치면 조금 빨리 움직이기도 한다. 하지만 스스로 알아서 움직이지는 않는다. 그래서 더 답답하다.

엄마는 저러다 느리다고 친구나 선생님에게 구박을 받지 않을까 걱정이다. 사회생활이나 결혼 생활을 잘 할 수 있을지도 의문이다.

아이는 엄마가 하는 말에 상처를 받을 것이다. 하지만 엄마는 주위의 모든 사람이 딸에게 부정적인 시선을 보내고 부정적인 피드백을 할 것을 생각하면 가슴이 답답하다. 매사에 느려도 너무 느린 딸이 앞으로 어떻게 될까 걱정이다.

매일 반복되는 일상에서 매번 어려움을 겪는다면 이제 다르게 해야 한다. 다르게 하는 방법 중 가장 쉽게 접근할 수 있는 방법은 긍정석인 부분을 찾는 것이다.

엄마는 불만이 누적되어 이미 화가 난 상태이다. 그렇지만 딸의 변화를 위하여 생각과 감정을 추슬러서 긍정적인 부분을 찾아야 한다. 여기서 긍정적인 부분을 어떻게 찾을 수 있을까?

행동이 느린 건 아이의 성격일 수도 있고, 아직 습관이 되지 않아서 그런 것일 수도 있다. 아이가 조금 더 시간에 맞추어 행동하길 바란다면 느린 행동 속에 숨어 있는 아이의 긍정적인 의도를 찾아 말해 주어야 한다. 아이의 행동에 약간 개입하여 습관을 조금씩 바꾸는 상담은 생략하고 긍정적인 부분 찾기를 해보자. 조금씩 바꾸어야 한다. 빨리하라는 말보다 시간을 정해 주는 것이 효과가 크다.

아이가 느려도 너무 느리다면 이렇게 말해 보세요.

"늦어서 마음이 바쁘지?"
"엄마가 빨리하라고 하면
엄마 말 들어주려고 서둘러 줘서 고마워."
"시간이 좀 더 있으면 느긋하게 재미있게 할 텐데, 그렇지?"
"늦더라도 끝까지 하려고 노력하는구나."
"천천히 꼼꼼하게 마무리하고 싶구나?"
"시간이 얼마나 있으면 할 수 있겠니?"

엄마를 위한
현실 육아 솔루션

부모의 역할은 아이에게 무엇이 부족한지를 보는 것이 아닙니다. 아이에게 무엇이 있는지를 찾아내는 것이 부모의 역할입니다.

❶ 엄마가 먼저 바뀌어야 아이의 문제 행동이 고쳐집니다. 아이의 문제 행동이 고쳐지지 않는 이유는 엄마가 부정적인 방식을 반복하기 때문입니다. 엄마가 긍정적인 방식으로 대처하기 시작하면 문제라고 생각했던 아이의 행동이 변화됩니다.

❷ 여기에 조금 기술을 더하면 자신의 일은 알아서 하는 아이가 됩니다. 이것이 자발적이고 독립적이며 행복한 아이로 키우는 비결입니다.

❸ 긍정적인 마음을 찾아내 주면 아이가 안정을 찾습니다. 자존감도 향상됩니다. 자존감은 잠재력을 발휘할 수 있는 에너지의 원천입니다.

❹ 아이가 잠재력을 발휘할 수 있게 해주세요. 잠재력을 발휘하는 아이들에게 인류의 미래가 맡겨집니다. 진정 인류를 긍정적인 방향으로 이끌어 갈 위대한 사람으로 성장할 것입니다.

아이의 장점을 찾아 잠재력 키우기

어린 유아들을 보면 저절로 미소를 짓게 된다. 사랑스러운 모습을 보고 있기만 해도 행복하다. 이 아이들이 커서 어떤 사람이 될까를 생각해 보면 설레기까지 한다. 어린아이들에게서 무한한 기대를 할 수 있다. 무한한 가능성이 있기 때문이다. 무한한 잠재력이 있기 때문이다. 그 무한한 잠재력을 일깨워 주는 것이 중요하다. 그 잠재력을 일깨워 줄 수 있는 기회가 가장 많은 사람은 주 양육자이다. 잠재력을 발휘할 수 있도록 해주는 것이 엄마의 역할이다.

아이의 잠재력이 빛나게 되면 엄마가 상상했던 대로 성장하게 된다. 설렘이 현실이 되어 나타난다. 누구에게나 잠재력은 상상하기도 힘들

만큼 어마어마하다. 아이의 잠재력 키우기를 하다 보면 엄마의 잠재력도 키워진다. 아이와 엄마가 함께 잠재력을 키우면 어떻게 될까? 엄마는 모든 사람의 잠재력을 찾아내서 키울 수 있는 능력을 갖게 된다. 잠재력 키우기 전문가가 될 수 있다.

아이에게 잘 하려다 보면 나도 잘 하게 되고 다른 가족이나 주위 사람들의 잠재력도 키울 수 있는 능력이 생기게 된다. 모두에게 긍정적인 영향을 미치게 되어 함께 성장하는 것이다.

어린 유아들은 태어난 지 몇 년 되지 않았다. 그 아이들의 잠재력을 어떻게 찾아야 할까?

우선 장점부터 찾아야 한다. 엄마들에게 장점을 찾으라고 하면 단점만 보인다고 한다. 단점을 적어보면 더 쉽고 많이 적을 수 있다고 한다. 살아온 날이 얼마 되지 않은 우리 아이들에게 단점이 있으면 얼마나 있겠는가! 설령 있다 해도 빠르게 바꿀 수 있다.

아이들은 단점보다 장점이 많다. 엄마들은 아이들이 잘하는 것은 당연하다고 생각하고 있다. 뭔가를 잘하는 것은 누구에게나 장점이다. 잘하는 것은 당연히 아이들에게도 장점이다. 잘하는 것을 잘한다고 해야 더 잘할 수 있다. 잘하는 것은 당연한 것이 아니라 잘한다고 말을 해주는 것이 당연한 것이다.

"그럼 단점은 어떡하라고요? 단점을 고쳐야지요."

이것도 엄마들이 당연히 할 수 있는 말이다. 엄마니까. 아이들에게 단점이 있을 수 있다. 행동 수정이나 정서 안정에 들어가야 하는 것이 있다. 그렇기도 하지만 요즘은 단점으로 보이는 것도 장점이 되는 시대이다. 단점도 개성이 되는 세상이다. 그렇기에 단점이라고 여기기보다 개성으로 여기고 긍정적으로 바라보아야 한다.

엄마가 진정으로 단점을 장점으로 만들 수 있다고 믿어야 한다. 아이들은 믿는 만큼 자란다. 그런 마음가짐으로 행동 수정과 정서 안정을 시작해야 한다. 단점으로만 보고 고치려고 할 때보다 더 빠르게 더 크게 효과를 볼 수 있다.

단점을 장점으로 변화시키기 위해서는 발상의 전환이 필요하다. 부정적인 생각을 긍정적으로 바꾸는 연습이 필요하다. 영유아기에 아이에게 발생한 문제로 부모가 실의에 빠지게 되면 초등학교에 들어가서 알게 된 것보다 낫다. 더 일찍 문제 해결 방안을 찾을 수 있기 때문이다. 더 쉽고 더 빠르게 수정이 가능하다. 이런 긍정적인 생각이 꼭 필요하다.

엄마가 아들에게 친구를 잘 사귀지 못한다고 말했었다면 다시 말해 보세요.

"엄마는 생각이 좀 바뀌었어.
그것이 단점이라고 생각하지 않아.
친구가 많으면 많아서 좋은 일을 하면 되는 거야.
친구가 적으면 깊이 사귈 수 있고
친구가 적어도 되는 직업을 가지면 되는 거야.
네가 친구가 필요할 때면 언제든지 사귀면 되니까.
그래서 엄마는 이제 친구를 많이 사귀라는 말은 그만둘 거야.
가까이 지내고 싶은 친구가 있으면 그때 사귀면 돼."

'왜 내게 이런 일이…', '왜 우리 아이에게 이런 일이…' 이렇게 낙심하면서 상황을 바라보면 해결책이 보이지 않습니다. 가장 먼저 생각해야 하는 것은 그 일이 지금 일어나서 다행이라는 것입니다.

❶ 초등학생이면 중학교에 가기 전이라서 다행이고, 중학생이면 고등학교에 가기 전이라서 다행이고, 고등학생이면 대학에 가기 전이라서 다행입니다. 대학생 때 어려운 문제가 생겼다면 군대나 사회생활을 하면서 생긴 것보다 다행입니다. 사회생활을 하면서는 결혼하기 전이라서 다행이라고 생각하면 됩니다. 결혼하고 아이가 생기기 전이라서 얼마나 다행인가요?

❷ 우선 지금 일어나는 일에 대해 긍정적인 부분을 찾는 것이 중요합니다. '나중보다는 지금 우리 아이에게 이런 일이 생겨서 다행이구나.' '내가 배운 것을 익힐 수 있는 연습의 기회로 삼을 수 있겠구나.' '더 이상 이런 종류의 일로 어려움을 겪는 일은 없겠구나.' 이렇게 긍정적인 생각이 꼬리를 물면 나중에는 '죽기 전이라서 다행이구나.'라는 생각까지 갈 수도 있습니다.

❸ 매사 작은 일에 긍정적이면 조그만 즐거움들이 쌓입니다. 매 순간 즐거움이 쌓이면 하루하루가 즐겁습니다. 이런 날이 쌓이면 평생 즐겁고 행복한 삶이 됩니다. 엄마도 아이도 행복하다고 느끼면 행복한 삶이 되고 불행하다고 느끼면 불행한 삶이 됩니다. 단순하게 편하게 행복을 선택하세요.

33

작은 성공 경험이 큰 성공을 만든다

엄마는 아이를 잘 키우기 위한 모든 과정이 참으로 어렵고 힘들다고 느껴진다. 다른 사람들은 그냥 슬렁슬렁 키워도 애들이 잘 크는 것 같은데 나는 왜 이렇게 몸도 머리도 다 써야 하는지 힘들기만 하다는 생각도 들 것이다. 그러면서도 '그래 기운을 내자. 나는 엄마잖아.'라며 마음을 다시 굳게 먹는다.

엄마는 미리 예방하는 대화로 아이와 약속을 하고 아이가 약속을 지켰든 지키지 않았든 서로 이해하고 수용하고 공감하고 경청하기를 반복해보자. 그러다 보면 나중에는 엄마가 말을 꺼내려고만 해도 아이들이 다 알아듣는다.

처음의 성공 경험이 중요하다. 성공 경험이 쌓이면 아이들에게 따로 훈육할 필요 없이 대화로 풀어나갈 수 있다. 성공 경험이 아이들의 자존감을 높이게 된다. 자존감이 높은 아이로 키우는 것이 우리의 목표이다. 자존감이 높은 아이로 키우는 것이 행복한 아이로 키우는 것이다.

나는 친구, 딸 정민이와 함께 마트에 갔다. 정민이는 예쁜 것을 보면 "엄마, 이거 진짜 예쁘지?", "엄마, 이거 진짜 신기하지?", "엄마, 이거 우리 집에 있으면 정말 좋겠어", "이건 엄마와 딸이 있는 집에 어울려. 우리 집에 꼭 필요할 것 같아."를 연발한다. 나는 그저 "그래, 그러네. 정말 예쁘다 그치?"만 반복한다. 정민이는 예쁘니까 사 달라고 조르지 않는다. 정민이는 엄마가 사 주지 않는다는 것을 알고 있다. 그냥 예쁘니까 있으면 좋겠다는 표현을 할 뿐이다.

나는 정민이가 하는 말은 거의 받아 주고 공감해 준다. 민주주의 사회에서 하고 싶은 말은 얼마든지 할 수 있고 해야 하니까. 정민이는 뭐든 예쁘다고 하고 나는 늘 그렇다고 한다. "사 줘, 안 돼" 하는 다툼이나 실랑이가 거의 없다. 같이 간 친구가 우리 둘의 대화가 재미있다며 계속 웃었다.

내가 정민이에게 장난감 하나만 사 준다고 약속했기 때문에 다른 말이 필요 없는 것은 아니다. 어떤 것을 고를지 고민이라든가 그 장난감의 장단점을 이야기하며 의논하는 것은 얼마든지 해도 된다. 무엇을 고를지 모르겠다는 것에도 충분히 공감하고 경청하고 이해한다.

하나를 선택하는 것이 어렵거나 둘 다 너무 갖고 싶을 때는 아무리 밝고 기운찬 아이라도 약간 침울해질 수 있다. 그렇다면 그 아이에게 필요한 건 채근이 아니다. 알아서 선택하라고 던져버리는 것도 아니다. 고민하고 있는 바로 그때 격려가 필요하다. 약속을 지키기 위해 고민하고 있는 것이다. 격려 역시 또 하나의 칭찬이다. 그렇기에 고민하고 있다면 더욱 의논하며 격려하는 것이 하나의 방법이다. 엄마는 아이와 함께 의논해 주고 의견을 나누면서 결정할 수 있도록 도와주어야 한다.

엄마와 서로 의견을 나누는 것도 엄마는 고맙고 반갑다고 하면 된다. 선택하지 못한 장난감에 미련을 두고 오는 것보다 선택을 잘 했다는 기쁨으로 오는 것이 더 중요하다. 자신이 선택하고 자신의 행동에 책임을 지는 사람이 되는 길이다. 이렇게 훈련이 되면 어려운 일이 닥쳤을 때 혼자 고민하다 실의에 빠지지 않고 주위 사람들과 의논하고 도움을 청할 수 있는 사람이 된다.

작은 성공 경험이 쌓이면 매사에 성공하고 인생에서도 성공을 하게 됩니다.
선택의 기로에서 고민하고 있다면 이렇게 말해 주세요.

"둘 다 마음에 들어서 갖고 싶은데
엄마와 한 약속을 지키려고 하는구나.
엄마는 네가 참 대견해. 고맙다."

엄마를 위한
현실 육아 솔루션

훈육한 후에 좋아진 점을 칭찬할 때는 과거의 그릇된 행동을 강조하는 말은
피해야 합니다. 예를 들어 "엄마는 네가 떼쓰고 약속을 안 지킬 수도 있다고
생각했는데 잘 해냈구나."라고 칭찬하지 않아야 합니다. 아이는 마음속으로
'엄마는 나를 믿지 않고 있었구나.'라고 생각하게 됩니다.

❶ 칭찬할 때는 "약속도 안 지키고 잘 못 할 줄 알았는데 웬일로 이렇게 잘했니"라는 빈
   정거림이 느껴지지 않도록 해야 합니다. 대신 "우리 아들이 그걸 해내려고 노력을
   많이 했구나."라고 칭찬한다면 아이도 기쁘게 받아들입니다.

❷ 아이가 못 해낼 것이라고 예상한다면 약속을 하지 말아야 합니다. 엄마가 마음속으
   로 아이가 못할 것이라고 예상되는 약속을 하면 아이를 거짓말쟁이나 약속을 지키
   지 않는 사람으로 만드는 것입니다.

❸ 노력하면 해낼 수 있는 것을 약속하고 성공 경험을 할 수 있도록 하는 것이 중요합
   니다. 아이들이 노력해서 잘 수행해 낼 것이라고 믿고 긍정적인 생각과 말을 해야 합
   니다. 아이들은 부모가 믿는 만큼 해냅니다.

3장

따뜻하게
훈육하기

"아이 마음을 어떻게
어루만져 줄까요?"

아이 마음
어루만져 주기

아이의 마음을 알아줘서 모든 문제를 미리 예방할 수 있으면 얼마나 좋을까?

아이에게 일어나는 모든 사건을 예방하기는 어렵다. 아무리 좋은 예방법을 쓰더라도 문

제는 발생한다.

문제 발생 시 따끔하게 못을 박지 않더라도, 혼내지 않더라도, 비난이나 모욕을 주지 않

더라도 훈육이 가능하다. 편안하게 좋은 감정으로 해결할 수 있는 방법이 있다. 그 방법

은 바로 아이의 마음을 어루만져 주는 것이다. 이것은 부모와 아이가 서로 화내지 않고

문제를 해결하는 방법이다. 서로에게 사랑을 느끼는 문제 해결 방법이다.

● ● ●

숙제하기 싫어요

초등학교 저학년 아이가 숙제가 많다고 짜증을 내고 징징거린다. 숙제는 시작하지도 않고 TV를 보거나 휴대폰을 보고 있으면서 웃다가 짜증 냈다가 한다. 숙제하라고 하면 책상 앞에 앉아서 다른 짓을 한다. 숙제를 시작하지도 않고 짜증을 내는 아이를 보면 엄마는 폭발하게 된다.

"제발 짜증 좀 내지 마라. 너는 왜 매사에 짜증이냐! 짜증 낼 시간에 숙제 다 하겠다. 숙제가 많은 걸 어떡하겠어. 짜증 낸다고 숙제가 없어지냐? 숙제가 줄어드냐? 이럴 거면 학원 가지 마. 어떻게 매일 짜증을 내냐? 엄마는 이제 도저히 들어 줄 수가 없다. 정말 듣기 싫다."

결국 엄마는 참지 못하고 아이에게 화를 낸다. 말을 점점 심하게 하게 된다. 짜증 내고 있는 아이를 볼 때마다 엄마가 더 짜증이 날 지경이다. 이제는 짜증을 내기도 전에 짜증을 내려고 하는 기미만 보여도 화가 치민다. 매일 엄마와 아이 사이에 반복되는 일상이다.

아이에게 해야 할 숙제가 있지만 이런 상황에서는 엄마에게도 상황을 잘 넘겨야 하는 숙제가 생겼다. 우선 상담으로 풀어야 할 것은 엄마의 짜증과 화이다. 그 후에 아이의 행동 수정을 하면 된다. 여기서는 아이의 긍정적인 부분을 찾아보는 것에 초점을 맞춘다.

이제 아이의 마음속으로 들어가 보자. 아이는 늘 숙제만 없으면 좋겠다는 생각을 한다. 학교에서도 공부하고 집에 와서도 숙제해야 하고 또 학원에 가서도 공부해야 한다. 공부도 하기 싫은데 숙제는 더 하기 싫다. 아침에 눈을 뜨면 숙제 생각이 난다. 학교에 있어도 밥을 먹을 때도 숙제 생각만 하면 짜증이 난다. 놀아도 노는 것 같지가 않다.

엄마는 아이의 이런 생각을 이해하고 있다고 말을 해주면 된다. 엄마는 아이에게 그만큼 숙제가 힘들고 부담스럽다는 것을 먼저 헤아려 주면 된다. 엄마가 심리적으로 안정이 되면 아주 쉽게 가능하다.

숙제가 많다고 하소연하는 아이 마음속의 긍정적 의도를 찾아보자. 숙제는 꼭 해야 하는 것이다. 잘 하고 싶은 마음도 있다. 그러나 쉬고 싶다. 아니면 다른 것을 하고 싶은데 숙제가 걸려서 마음 편히 하지 못 하는 것일 수도 있다. 이렇게 짜증 내는 자신을 싫어한다는 것도 알아주어야 한다. 아이의 마음속에는 화가 가득할 수 있다. 엄마는 그 마음을 알아주고 짜증부터 풀어주어야 한다. 엄마의 화부터 다스려야 하듯이 아이의 화도 먼저 다스려야 한다.

말투를
바꿨더니

"네가 숙제를 중요하게 생각하는구나.
그래서 숙제가 부담이 되니까 짜증이 나는 거지."라는 말로 시작해 보세요.

"하고 싶은 게 있을 땐 더 하기 싫은 거야. 엄마도 그래."

이렇게 마음을 헤아리면 충분히 잘 해결해 나갈 수 있는
부모와 자녀의 관계가 됩니다.

엄마를 위한
현실 육아 솔루션

무슨 일이든 자신에게 생긴 문제가 가장 힘든 법입니다. 엄마가 그 마음을 알아주면 아이는 엄마의 사랑을 느끼게 됩니다.

❶ 아이의 마음을 충분히 알아준 후에 거기에 엄마의 생각까지 말해 주면 사랑을 더 보탤 수 있습니다.
"네가 힘들어하면 엄마도 기운이 빠져. 안쓰럽기도 하고. 그렇다고 엄마가 되어서 숙제를 하지 말라고 할 수도 없고. 엄마도 어떻게 해줘야 네가 편할지 모르겠어."
이런 엄마 말을 들은 아이는 숙제하는 게 훨씬 더 쉬워질 것입니다.

❷ 그런 후에 숙제를 기꺼이 재밌게까지는 아니더라도 스트레스를 덜 받고 하는 방법을 찾으면 됩니다. 시간을 정한다든지, 옆에 있어 준다든지, 아이가 원하는 것을 하나 정도 들어 준다든지 좋은 방법을 찾아봅니다. 아이노 엄마도 편안하고 행복해집니다.

❸ 아이의 문제는 아이가 가장 힘들다는 것을 알아주세요. 설령 아이는 전혀 그 문제를 생각하지 않을 수도 있습니다. 그렇더라도 아이의 문제로 넘겨 버리세요. 그제서야 아이도 문제로 받아들이고 좋은 방법으로 해결할 의지를 가질 수 있습니다.

정말 해서는 안 되는 일을 했을 때는
회초리를 들어도 되나요?

나는 유치원에 다니는 아이 둘을 집에 두고 잠시 외출을 했다. 집에 와 보니 두 녀석이 17층 아파트 베란다에서 장난감을 아래로 던졌다고 했다. 나는 너무 놀라서 이건 정말 있어서는 안 될 일이라는 생각에 아주 엄하게 꾸짖었다. 다시는 그러지 않겠다는 다짐을 받고 회초리를 들어서 종아리를 때리고 마무리를 했다.

회초리를 맞고 슬퍼서 훌쩍거리고 있는 두 아이를 보며 가만히 생각해 보았다.
두 아이는 그 이야기를 정말 환한 표정으로 아주 재미있었다는 듯이 이야기를 했었다. 아이들은 그것이 얼마나 큰일인지를 모르는 것이다.

모르고 한 일을 엄하게 꾸짖는 것까지는 할 수 있더라도 마구 화를 내고 회초리까지 든 것이 맞는 걸까? 엄마로서 그 일이 큰 잘못이라는 것을 이야기해 주고 다시는 그러지 않게 대화로 풀었어야 했나? 내가 너무 놀라서 나도 모르게 화를 내고 때린 건 아닌가? 애들은 나중에 자신들이 뭘 잘못했는지도 모르고 그저 엄마가 무섭게 화내고 때린 것만 생각할 거야. 내가 애들만 놔두고 외출한 것이 잘못인가? 발생하지도 않은 일인데 그런 것까지도 미리 알려 줘야 하는 건 아니지만…….

아! 정말 아이를 키우는 것은 너무 어려워! 그러면서 소리쳤다. 아니 울부짖었다.

'차라리 수능을 다시 보라고 해.'

물론 마음속으로 소리치고 울부짖었다.

엄마 아이가 정말 해서는 안 될 일을 했을 때는 회초리를 들어
야 하나요?

나 회초리는 안 된다고 생각하시니 저에게 질문하셨죠?

엄마 네.

나 어떤 이유에서든 폭력으로 벌을 주면 안 됩니다. 그 어떤 경
우에도 그 누구에게도 폭력을 사용할 순 없어요.

엄마 저도 그렇게 생각하고 있어요. 그런데 그게 가장 효과가
빨라서 충동을 느껴요.

아이를 비난하거나 꾸짖지 말고 상황이 그렇다는 것을 말해 주세요.

"회초리를 들어야 하는 것이 아닐까
그런 생각이 들 정도로 심각한 문제야!"

엄마를 위한
현실 육아 솔루션

아버지가 큰아이에게 동생을 때리지 말라며 큰애를 자신의 무릎에 엎어두고 엉덩이를 때리는 만화가 있습니다. 폭력을 쓰지 말라고 하면서 폭력을 가르치는 것입니다.

❶ 폭력이 우리 가까이에 스며들어 있지만 엄마들이 먼저 고민하고 있으니 인식이 달라지리라 믿습니다.

❷ 언제부턴가 우리 청소년들이 학교폭력을 견디지 못해 심각한 후유증을 앓고 있습니다. 근래에는 전학을 하거나 학업을 중단하는 사례가 빈번히 발생하고 있습니다. 보기만 해도 어여쁜 우리 아이들이 스스로 목숨을 끊었다는 이야기도 종종 듣습니다. 피투성이가 된 피해 학생의 동영상이 널리 퍼지기도 하고, 자신들이 폭력을 가하는 장면을 직접 찍어서 유튜브에 올리는 사건도 있었습니다. 학교폭력이 가해자이건 피해자이건 때리고 맞는 것에 대한 적절한 이유는 없습니다. 폭력은 처음부터 없어야 합니다.

❸ 폭력에 노출된 아이들이 폭력을 가하게 됩니다. 유명해진 방송인이나 운동선수가 학교폭력 가해자가 되어 한순간 무너져버리는 일이 종종 있습니다. 그런 아이들을 보면 제 마음도 무너져 버립니다.

36

받아쓰기 20점을 맞았는데
아무렇지도 않아요

초등학교에 입학한 효진이는 받아쓰기 시험을 보고 집으로 왔다. 나는 아들의 가방에서 받아쓰기 공책을 꺼냈다. 효진이는 아무렇지도 않은 듯 딴전을 피우고 있었다. 받아쓰기 20점! 그나마 제대로 받아 쓴 것은 자기 이름과 학교 이름이었다.

나는 잠시 생각한 후에 아들과 대화를 나눴다.

나 효진아! 어떻게 학교 이름을 적을 수 있었어? 가르쳐 주지도 않았는데?

아들 (아주 사랑스럽게) 선생님이 가르쳐 주셨고 이름표에 있잖아요.

나 아! 그랬구나. 대단한데 우리 아들. 효진이는 가르쳐 주면 아주 잘 하지. 맞지?

아들 네.

효진이는 태권도를 배우면서부터 관장님이 부모님에게는 존댓말을 해야 한다고 알려 주어 나에게 존댓말을 했다.

효진이는 초등학교에 입학하기 전에 한글 공부를 아주 싫어했다. 내가 좀 가르쳐 주려고 했으나 너무 하기 싫어했다. 갑자기 글자에 대한 스트레스를 준 것인지도 모르겠다는 생각이 들어서 한글 배우는 학습지를 시작했다. 선생님과 함께 재미있게 동화도 읽고 스티커를 붙이면서 배우는 프로그램이라 놀이라고 생각할 것 같았다.

효진이는 왼손잡이라서 글씨도 왼손으로 썼다. 아빠는 효진이가 글씨를 쓸 때마다 글씨는 오른손으로 쓰는 거라고 알려 주었다. 하지만 효진이는 오른손으로 글씨를 쓰다가도 어느 순간 왼손에 연필을 쥐고 글씨를 썼다. 그때마다 아빠는 지적을 했고 아들은 글씨 쓰기를 정말 싫어했다. 쓰기만 싫어하는 것이 아니라 한글 배우기 자체를 싫어하게 되었다. 학습지에도 스티커를 붙이는 재미 이외에는 흥미를 느끼지 못했다.

나는 성격이 낙천적인 편이라 이렇게 생각했다. '여섯 살, 일곱 살에 못 배우면 여덟 살엔 지능이 높아져서 금방 배울 거야. 글자를 먼저 익히면 그림보다 글자를 먼저 보게 되어서 그림을 잘 보지 않게 된다. 글자를 모를 때 그림부터 보면 창의력과 상상력이 풍부해지고 정서적으로도 좋다고 어떤 책에서 읽었어. 설마 2학년이 되어도 못 읽진 않겠지.'

나는 때를 기다리고 있었다. 그리고 마침내 때가 왔다고 생각했다. 나는 효진이에게 어떻게 말할까 궁리했다.

나 엄마는 아들이 받아쓰기 20점 맞은 것은 아무렇지도 않아. 우리 아들이 한글을 모른 채 일학년을 보낼 거라고 생각하지 않기 때문이야. 효진이는 조금만 노력하면 한글을 알게 될 테니까. 그런데 엄마는 걱정이 되는 게 있어.

아들 (정말 궁금하다는 듯이 눈을 반짝이며) 뭔데요?

나 아들이 받아쓰기를 잘 못해서 친구들에게 놀림 받고 슬퍼할까 봐 그게 걱정이야.

아들 (아주 밝은 표정으로) 엄마, 걱정하지 마세요. 우리 반에 빵점 받은 애도 있어요.

나는 '헉!' 했다. 또 어떻게 말해야 할지 잠시 생각했다.

나 아! 그렇구나! 빵점 받은 친구도 있어서 효진이는 괜찮은가 보구나.

아들 네, 괜찮아요!

아이고… 이 일을 어쩐다. 또 뭐라 해야 할까? 나는 또 생각했다. '그래, 처음 마음먹은 대로 욕심을 비우자. 언젠가는 한글을 알게 되겠지.'

나 그래, 효진아. 혹시라도 받아쓰기를 잘하고 싶으면 언제든 말해. 엄마가 도와줄게.

'이게 맞는 걸까? 이건 아닌 것 같아. 아… 이제 어쩌지?'라고 생각하며 마지막으로 한마디를 덧붙였다.

나 그래도 엄마는 효진이가 좀 더 빨리 한글을 배웠으면 좋겠어. 친구들이 놀릴까 봐 조금은 걱정이 돼. 그게 엄마 마음이야. 엄마가 못 가르쳐 준 것 같아서 효진이에게 미안해!

그 후 효진이는 한글을 언제 어떻게 알게 되었을까? 다음번 받아쓰기 시험이 더 어려워져서 빵점을 받은 후부터이다. 그때부터는 선생님이 미리 문장을 가르쳐 주시고 받아쓰기를 할 거라고 하셨고 효진이는 받아쓰기를 잘하고 싶다고 했다.

밀두를 바꿨더니

아이가 받아쓰기 20점을 맞았는데도 아무렇지 않게 여긴다면 이렇게 말해 보세요.

"엄마는 네가 계속 못 할 거라고 생각하지 않아. 그렇지만 조금 더 빨리 알기를 바라는 거야."

엄마를 위한
현실 육아 솔루션

아이가 받아쓰기에서 20점을 받아도 아이 마음이 다치지 않게 하려고 노력했습니다. 먼저 아이의 마음을 이해하고 수용했습니다. 그리고 공감하고 경청했습니다. 저는 이것을 엄마들에게 이수하고 공경하라고 전달합니다. 아이가 스스로 하고 혼자서도 잘 할 수 있는 자발성과 독립심을 길러 주는 지름길입니다. 그러면서도 엄마의 마음을 전하고 엄마의 바람도 전했습니다.

❶ 아이의 마음을 알기 위해, 엄마의 말을 전하기 위해서 엄마가 말을 하기 전에 1초만 더 생각하는 여유를 가져보세요. 엄마는 진정 아이의 마음을 제대로 알 수 있습니다. 아이도 엄마의 마음을 제대로 알게 됩니다. 서로의 마음을 제대로 알면 아이가 더 즐겁게 무엇이든 잘할 수 있습니다.

❷ 엄마가 평정심을 잃을 때가 있습니다. 그때는 바로 공부를 가르칠 때입니다. 몇 번을 알려줬는데도 문제를 풀지 못하는 것을 보면 속에서 부글부글 끓지요. 알아듣지 못하는 아이가 이해가 되질 않고요. 이럴 땐 우리 아들이 아니라 다른 아이를 가르치고 있다고 생각해야 할 정도입니다. 아이에게 직접 공부를 가르치는 일은 신중하게 해야 합니다. 마치 운전 연습을 남편과 함께하지 않는 이치와 같습니다.

❸ 아이의 공부는 격대(隔代)로 가르쳐야 한다는 공자의 말씀이 있습니다. 그만큼 부모가 가르치는 것은 어렵습니다. 공부를 가르치는 엄마가 아닌 마음을 헤아려주는 엄마가 되세요.

37

아침마다 전쟁이 따로 없어요

아이를 유치원이나 학교에 보내는 집의 아침은 전쟁이 따로 없다. 깨우고, 씻기고, 먹이고, 입히는 것뿐만 아니라 준비물을 잘 챙겨 가는지 다시 한번 확인해야 한다. 아이들이 준비를 시간 맞춰서 착착 알아서 해 주면 얼마나 좋은가? 그러나 그런 아이가 있을까?

부모가 직장에 다니는 집은 엄마와 아빠, 아이가 모두 바쁘고 허둥지둥 헐레벌떡이란 표현이 맞을 것이다. 엄마는 아이에게 빨리하라는 말이 저절로 나온다. "빨리 먹어라. 꼭꼭 씹어서 천천히." 이 말을 하면서도 뭐가 잘못되었는지도 모른다. 어떻게 빨리 천천히 먹느냐는 말을 꼭 집어서 말해 주어야 엄마는 허탈하게 헛웃음을 짓는다. 그러고 나면 "빨리 씻어라. 양치는 똑바로 했냐? 빨리 옷 입어라. 왜 그 옷을 입었냐?" 하고, 마지막에는 거의 굉음을 내며 목소리를 높이게 된다. "빨리 가방 메고, 신발 신고, 문 열어. 엘리베이터 누르고!"

우리는 아이들에게 이렇게 엘리베이터 버튼을 누르라는 말까지 하며 살아야 한다. 아이가 엘리베이터를 타는 순간 베란다로 나가서 유치원 차를 타는 곳으로 잘 가고 있는지 점검한다. 혹시라도 아이가 주위를 살핀다든가 느릿느릿 가고 있으면 베란다에서 소리를 지른다. "빨리 가! 차 놓치겠어!" 그래도 아이는 서두르는 기색이 없다. 아이가 유치원 차를 무사히 탔겠다는 생각이 드는 순간 '아······' 하고 긴 한숨을 쉰다.

아무도 이렇게까지 하면서 살고 싶지 않다. 엄마가 아니면 이렇게 살지도 않을 것이다. 도대체 누구에게 이렇게 닦달을 해도 되는 것일까? 야단치지 않기, 소리치지 않기, 화내지 않기. 이런 것을 정말 하지 않고 사는 방법은 없을까? 너무 어려운 이야기이다. 거의 불가능한 이야기이다. 그러나 엄마는 노력해야 한다. 왜냐면 엄마니까. 하··· 엄마가 무슨 죄란 말인가······.

어쩌다 아이들은 엄마가 야단을 치지 않으면 불안해한다. 엄마의 무관심이 더 무섭기 때문이다. 우리 아이들은 엄마가 잔소리하는 이유는 자기를 사랑하기 때문이라고 어버이날에 편지에 쓴다. 그러면서 더 잘하겠다고 말한다.

부모 교육 때 이 말을 하면 모든 엄마가 크게 웃는다. 그렇다. 아이들은 모두 그렇게 알고 있다. 자신들이 엄마를 힘들게 해서 엄마가 화를 낸다고. 자기가 더 잘해야 한다고. 아이들은 늘 엄마를 힘들게 하는 존재라는 죄책감을 느끼고 산다. 엄마는 또 아이가 죄책감을 느끼게 만들었다는 죄책감을 느낀다.

엄마와 아이 사이는 일방적으로 한 사람에게만 죄책감이 있는 것이 아니라 '서로' 그렇게 느끼고 있는 것을 다행이라고 생각해야 할지 모르겠다. 이 관계를 복잡하게 생각하지 않고 억지로 '서로를 사랑하고 있다.'고 해석하고 싶다. 그렇다면 엄마가 일방적으로 아이에게 야단치고 화를 내는 것에 대한 약간의 해결 방법을 찾을 수 있지 않을까.

말투를 바꿨더니

"효진아 엄마가 아침마다 큰 소리로 빨리하라고 소리 질러서 미안해.
엄마도 그렇고 싶지 않은데 자꾸 그렇게 되네."
엄마는 아이에게 이 한마디만 해 주면 된다.
다음 대화는 이렇게 이어질 것이다.

"아니야, 엄마도 바쁜데
내가 아침에 빨리 안 해서 그런 거지."
"아니야, 효진이가 빨리하려고 하는데
엄마도 모르게 빨리하라는 말이 나오는 거야."

엄마를 위한
현실 육아 솔루션

아침마다 전쟁을 치르거나 매사에 엄마가 먼저 잔소리하는 것을 바꾸려면 약간의 교육과 노력이 필요합니다. 그 전에 아이에게 할 수 있는 아주 쉬운 방법이 있습니다. 바로 엄마의 마음을 전하는 것입니다.

❶ "효진아, 엄마가 아침마다 큰 소리로 빨리하라고 소리 질러서 미안해. 엄마도 그러고 싶지 않은데 자꾸 그렇게 되네."

"아니야, 엄마도 바쁜데 내가 아침에 빨리 안 해서 그런 거지."

이렇게 대화를 이어 나가다 보면 서로 사랑한다고 말하고 포옹하는 장면으로 끝날 것입니다. 그렇더라도 다음 날 똑같이 반복되는 일상을 맞이하게 될 것이라고 예상합니다. 하지만 전날의 대화 효과가 나타나서 아이는 조금 더 가벼운 마음으로 유치원에 가고, 엄마는 조금 더 따뜻한 마음으로 아이를 유치원에 보내게 되지 않을까요.

❷ 엄마가 화를 내면서 소리를 지르면 아이들은 자신이 엄마를 힘들게 하고 엄마가 자신을 좋아하지 않는다고 생각합니다. 유치원에서는 엄마가 자신을 사랑해서라고 교육받았지만 감정은 그렇지 않습니다. 그 감정을 위해 엄마는 아이와 구체적인 대화가 필요합니다.

❸ 처음부터 많은 것을 변화시키기는 어렵습니다. 가장 쉽고 간단한 것, 꼭 변화가 필요한 것부터 우선순위를 정해야 합니다. 조금씩 단계별로 하나씩!

38

참아줘서 고맙고 기특해

언제부터인가 '소통'에 관한 이야기가 넘쳐난다. 거의 모든 강연의 제목에 소통이 들어가 있는 것을 볼 수 있다. 그야말로 소통의 시대이다. 부모와 자녀 간의 소통은 그 어느 관계에서의 소통보다 중요하다. 엄마와 소통을 잘 해왔던 아이는 가족뿐만 아니라 모든 사람과의 소통을 제대로 하게 된다. 부모와 자녀 관계에서 제대로 된 소통을 이끌어야 하는 사람은 부모이다. 부모는 자녀와 원만한 대화를 하는 방법을 알아야 한다. 행복한 아이는 부모와 행복하게 소통한다.

어느 겨울에 예지 엄마와 나는 아이들과 함께 외출하고 돌아오는 길이었다. 예지 엄마가 집 근처 마트에서 필요한 물건을 산다고 차에서 내렸다. 자동차 안에서 나와 정민이와 예지는 기다리고 있었다. 예지가 조용히 있더니 갑자기 칭얼거렸다.

예지 엄마한테 갈래요.

나 엄마 곧 오실 거야.

예지 그래도 갈래요.

나 엄마가 곧 오실 거니까 조금만 기다리자. 예지가 많이 피곤한가 보네. 정민이 랑 조금만 놀고 있어.

예지 엄마한테 갈래요.

이처럼 내가 '지금 가도 엄마를 못 찾는다'고 하면서 예지를 설득하여 가지 못하게만 한다면 예지는 계속 칭얼거렸을 것이다. 이제 다르게 말 해 보자.

예지 엄마한테 갈래요.

나 엄마 곧 오실 거야.

예지 그래도 갈래요.

나 예지가 엄마가 빨리 보고 싶은가 보구나.

예지 예.

나 엄마 혼자 갑자기 마트에 가 버려서 그런가 보네.

예지 예. 엄마에게 가고 싶어요.

나 그래, 예지가 지금 엄마에게 가고 싶구나.

예지 예. 엄마한테 갈래요.

나 그렇구나. 엄마가 빨리 오셨으면 좋겠네. 엄마 곧 오실 것 같은데 정민이랑 놀

면서 잠시만 기다릴래? 아니면 지금 마트에 가서 엄마 찾아볼래?

예지 정민이랑 놀게요.

나 그래, 잘 생각했어. 정민이랑 뭘 하면서 재밌게 놀까?

이렇게 대화를 이어 가면 예지는 계속 칭얼거리지 않고 엄마는 난감

하지도 않을 것이다.

아이가 칭얼거릴 때는 무조건 설득하려고 하지 말고 아이가 그나마
잘 참고 있다는 것을 강조하면서 이렇게 말해 주세요.

"그래, 그럴 수도 있어. 엄마는 네 마음 알 것 같아.
그래서 참아 주는 네가 참 고맙고 기특해. 우리 딸 사랑해!"

엄마를 위한
현실 육아 솔루션

'말을 조금 바꾼다고 정말 아이가 달라질까?'라는 의구심이 들 수도 있습니다. 그런데 말을 조금만 바꿔도 정말 아이가 놀랍게 달라집니다. 이해하고 수용하고 공감하고 경청해 보세요. 이수하고 공경한 후에 선택권을 아이에게 줘보세요.

❶ 아이에게 선택권을 준다는 것은 아이의 의견을 존중하고 받아들이겠다는 의사 표현입니다.

❷ 아이에게 이수하고 공경한 후에 선택권을 주면 부모의 의견도 존중합니다. 항상 이수하고 공경이 먼저인 것을 잊지 마세요. 대화를 시작하는 순간에 이수와 공경을 떠올려 보세요. 연습하고 또 연습해서 아이가 힘들어서 엄마의 경청이 필요할 때 실행해 보세요. 작은 일에 연습을 많이 할수록 큰일에 효과가 더 크게 나타납니다.

❸ 그러고 난 후에 엄마의 마음을 전하면서 하는 칭찬은 그야말로 우리 아이가 하늘을 붕붕 떠다니는 기분이 되게 만들어 줄 거예요. 물론 엄마의 마음도 함께 떠다니게 됩니다.

39

이수하고 공경하라

초등학교 3학년인 민수는 요즘 들어 짜증을 많이 낸다.

민수 엄마, 선우가 자꾸만 나하고 놀기 싫대요.

엄마 왜? 무슨 일이 있었어?

민수 그 애는 내가 하자는 것은 무조건 싫다고 해요. 자기가 하고 싶은 것만 하려고
해요.

엄마 그래? 그럼 선우가 하자는 대로 좀 해줘. 네가 하고 싶은 대로만 하지 말고.
그럼 되잖아. 친구들하고 놀 때는 양보도 하고 그래야지.

민수 싫어요. 나는 선우가 하자는 대로 하기는 싫단 말이에요. 그런 바보하고는 안
놀 거예요.

엄마 친구에게 바보라니. 그런 말 하면 안 돼. 친구들하고 친하게 지내야지. 선우하고 놀기 싫으면 다른 친구하고 놀면 되잖아.

민수 나랑은 아무도 안 논단 말이에요.

엄마 다 같이 잘 놀아야지. 아이고, 우리 민수가 피곤한가 보다. 얼른 푹 자라. 내일 생각해 보자.

민수 나 안 피곤해요. 내가 그 자식을 얼마나 싫어하는지 모르죠?

엄마 친구에게 무슨 말을 그렇게 해? 한 번만 더 나쁜 말 써봐. 혼날 줄 알아.

민수 난 그 자식이랑 다시는 안 놀아요. 학교도 가기 싫다고요.

민수는 이렇게 말하고 울면서 문을 쾅 닫고 방으로 들어가 버린다. 민수 엄마는 아이와 평소 이런 대화 패턴이었다. 민수 엄마는 부모 학교에서 아이와 대화하는 법을 배우고 난 후로 많이 달라졌다. 민수 엄마는 아이의 말을 듣는 순간 배운 걸 써먹을 수 있는 기회가 왔다고 생각했다.

엄마는 민수의 팔을 가볍게 잡고 눈을 마주치며 관심 있다는 표정을 짓는다. 엄마의 이런 태도에 민수는 놀라서 당황한다. 그러면서도 기쁘고 좋아하는 눈빛을 감추지 못한다. 엄마가 태도만 바꾸어도 아이의 말투가 달라진다.

민수 엄마, 선우가 자꾸만 나하고 놀기가 싫대요.

엄마 선우가 놀기 싫다고 해서 섭섭한가 보구나.

민수 나도 선우랑 안 놀 거예요.

엄마 우리 민수가 선우에게 속이 많이 상했구나.

민수 그 애는 내가 하자는 것은 무조건 싫다고 해요.

엄마 선우는 민수가 하자는 것을 하기 싫다고 하는구나. 우리 민수가 속이 상할 만 하네.

민수 예. 다시는 같이 안 놀 거예요.

엄마 선우와는 이제 놀고 싶지 않을 만큼 화가 났다는 말이네.

민수 예. 정말 선우가 싫어요. 그런데 다른 친구들은 나랑 잘 안 놀아요.

엄마 같이 놀 친구가 없어서 고민인가 보구나.

민수 다른 친구들이랑 놀아도 재미가 없어요.

엄마 선우랑 노는 게 더 재미있단 말이지?

민수 예. 난 사실 선우랑 노는 게 제일 재있어요.

엄마 민수도 선우와 놀고 싶은 거구나.

민수 예. 요즘은 선우가 축구를 잘해요. 그러니까 더 재미있어요.

엄마 그래, 선우와 놀 때가 재미있는데 선우가 자기 하고 싶은 것만 하자고 하는 구나.

민수 엄마, 선우는 내가 뭘 하고 하면 같이 잘 했거든요. 내가 너무 내 마음대로 만 해서 선우가 싫어하는 걸까요?

엄마 민수가 그런 생각이 드나 보네. 그럴 수도 있겠지. 선우도 자기가 하고 싶은 것 을 하길 원하겠지.

민수 그러면 선우가 하고 싶은 걸 좀 해 줘야겠어요.

엄마 양보하면서 놀면 더 좋겠다는 생각이 드는구나.

민수 예. 이제 그래야겠어요. 엄마, 나 잘게요. 안녕히 주무세요.

엄마 그래, 우리 아들도 잘 자라. 내일 상쾌하게 일어나자.

아이와 눈을 마주치며 관심 있다는 표정을 지으면 아이는 술술 말을 잘 한다. 이해하고 수용하고 공감하고 경청하라. 아이와 대화할 때는 항상 이수하고 공경이 먼저인 것을 잊지 말아야 한다. 엄마가 태도만 바꾸어도 아이는 적극적으로 대화에 참여한다.

**말루를
바꿨더니**

아이가 짜증을 내는 데는 다 이유가 있습니다.
아이를 이해하고 수용하고 아이의 말에 공감하고 경청하세요.

"우리 민수가 선우에게 속이 많이 상했구나."
이 한 마디가 민수의 마음을 녹일 수 있어요. 그리고 민수가
스스로 답을 찾을 수 있게 합니다. 자존감도 쑥쑥 올라갑니다.

엄마를 위한
현실 육아 솔루션

부모 학교에서 민수 엄마는 평소대로 민수에게 개입하고 싶었다고 했어요. 충고하고 명령하고 싶은 생각이 들었지만 참았답니다. 대화법에서 배운 대로 해 보려고 노력했어요. 아이를 가르치려고 하기보다는 아이의 마음을 이해하고 수용한 것입니다.

❶ 민수 엄마는 공감하고 경청하였더니 갑자기 민수가 아주 순해져서 깜짝 놀랐다고 했어요. 엄마가 답을 말하지 않았음에도 민수가 먼저 답을 찾아서 해 볼 것이라고 해서 더 놀랐고요. 이수하고 공경하면 이렇게 놀라운 일이 일어납니다.

❷ 평소에 민수는 자신의 주장을 강하게 하는 아이였습니다. 엄마는 내심 약간의 걱정을 하고 있었어요. 3주째 되는 날부터 민수가 배려하는 아이로 바뀌었답니다. 그동안 엄마가 잘못한 것 같아 마음이 아팠다고 했어요. 엄마의 노력이 민수의 원래 품성을 찾아준 것이라며 격려가 쏟아졌습니다.

❸ 행동을 훈육하는 것보다 훨씬 더 어려운 것은 긍정적인 사고를 가르치는 것입니다. 세상과 사람을 이해하고 수용하고 마음의 평화를 유지하는 것도 중요합니다. 친구의 행동으로 화가 많이 나 있는 아이에게 아이의 마음도 공감하고 친구의 상황도 이해시키려면 긍정적으로 생각하는 법을 가르쳐야 합니다.

우리 엄마는
매일매일 화만 내요

"오늘 엄마가 화를 엄청 냈어요. 엄마는 매일매일 화만 내요."

아이는 엄마가 왜 화를 냈는지 모르겠다고 한다. 물론 엄마가 늘 화만 내지는 않았을 것이다. 평상시에는 자상하게 돌봐 주다가 가끔 화를 내게 되었을 것이다. 그러나 아이는 화를 내는 것에 더 민감하게 반응하기 때문에 매일매일 엄마가 화만 낸다고 느끼는 것이다.

상담을 하든 부모 교육을 하든 모든 엄마가 가장 힘들어하는 것은 아이에게 자꾸 화를 내게 된다는 것이다. 왜 화가 났는지 물어보면 엄마역시 정확하게 구체적으로 아이의 어떤 행동에 화가 났는지 기억이 나지 않는다고 한다.

모든 부모는 '흔치 않겠지만' 화를 내지 않고 아이를 키우는 방법이 있다면 알고 싶다고 한다.

나는 그러한 부모들에게 꼭 해주는 말이 있다.

"괜찮아요. 그리고 이제 바뀔 것입니다."

아이를 잘 키우려고 노력하는 사람이라면 화가 날 수밖에 없다. 아이에게 관심이 없고 시간을 함께하지 못하는 엄마라면 이만큼 화도 나지 않을 것이다. 상담을 받든 부모 교육을 받든 엄마들은 행복한 아이로 키울 준비가 되어 있다. 그래서 지금까지도 괜찮았고 앞으로 자상한 엄마가 되는 것이 가능하다.

말투를 바꿨더니

아이가 "엄마는 왜 매일매일 화만 내요?"라고 말한다면 이렇게 말해 주세요.

"엄마가 매일 화내는 것 같으니까 속이 상해서 하는 말이지?
네가 싫거나 미워서가 아니야.
네가 이럴 때 엄마도 속이 상하는 거야.
엄마는 네가 이렇게 좀 해 주길 바래."

엄마를 위한
현실 육아 솔루션

아이들도 엄마도 구체적으로 어떤 것에 화가 나서 서로에게 화를 내게 되는
지 모를 때가 있습니다. 무엇보다 아이가 밉거나 싫어서가 아니라는 것은 확
실하지요. 그렇지만 아이는 엄마가 자신을 미워하거나 싫어한다고 느낍니다.

❶ 이미 이 책을 읽고 있는 엄마들은 충분히 좋은 엄마의 자격이 있습니다. 우선 엄마
   자신의 마음을 보듬어 주는 것부터 시작하면 됩니다. 그리고 상처투성이인 훈육에
   서 사랑을 느끼게 되는 훈육을 알아가면서 익히면 되는 것입니다.

❷ 아이의 말과 행동으로 엄마의 기분이 가장 크게 널을 뛸 때는 언제일까요? 그때가
   언제인지 아는 것이 매우 중요합니다. 그때만 현명하게 넘어가다 보면 평소에는 자
   연스럽게 평정심이 됩니다. 제 경우에 그때란 바로 아이에게 뭔가를 바로잡아야 할
   때입니다. 아이가 잘못했을 때 훈육을 해야 합니다. 아이가 잘못하면 엄마는 기분이
   먼저 상하기 때문에 훈육할 때 엄마가 스스로 기분을 통제해야 합니다.

❸ 앞서 말했듯이 엄마가 아이에게 공부를 직접 가르칠 때 화를 참기가 어렵습니다. 아
   무리 강조해도 지나치지 않은 말을 기억하세요. "엄마는 아이의 마음을 어루만져 주
   는 사람입니다."

41

아이의 마음에 공감했을 뿐인데

정민이가 네 살 때의 일이다. 유치원에서 돌아오는 길에 바지에 소변을 보게 되었다. 정민이는 가장 친한 예지의 생일에 초대받아서 가기로 했다. 정민이는 집에 도착하자마자 선물을 챙기더니 바지를 갈아입지도 않고 곧바로 친구의 집으로 가려고 했다.

정민 엄마, 나 예지 집에 갈게.

엄마 바지 갈아입고 가야지.

정민 그냥 지금 갈래.

엄마 그 바지를 그대로 입고 가면 어떻게 해? 빨리 갈아입고 가.

정민 그냥 갈 거야. 빨리 가야 한단 말이야.

엄마 창피하게 그 바지를 입고 어딜 간단 말이야? 빨리 갈아입어.

정민 싫어. 그냥 갈 거야.

아이와의 대화법을 배우지 않았다면 대화 패턴이 이렇게 흘러갔을 것이다. 이 대화는 바지에 실수한 것은 창피한 것이라는 수치심도 함께 심어준다. 분명히 정민이는 울면서 짜증을 내고 그냥 가겠다고 우겼을 것이다. 엄마는 정민이를 씻기고 바지를 갈아입혀서 보내느라 온 힘을 다 썼을 것이다. 물론 정민이도 눈물범벅이 되었을 것이다.

정민 엄마, 나 예지 집에 갈게.

엄마 바지 갈아입고 가야지.

정민 그냥 지금 갈래.

엄마 우리 정민이가 예지 집에 정말 빨리 가고 싶은가 보네.

정민 응. 지금 갈 거야.

엄마 얼마나 빨리 가고 싶은지 알겠네. 바지도 갈아입지 않고 곧바로 가고 싶을 만큼.

정민 응. 지금 빨리 갈 거야.

엄마 예지랑 빨리 만나서 선물도 빨리 주고 싶은 거구나.

정민 응. 지금 갈 거야.

엄마 초대받았으니 당연히 맛있는 것도 많이 먹고 재미있게 놀고 싶지. 마음이 바쁠 거야. 엄마라도 그러고 싶을 거야.

정민 알았어요. 빠부 엄마.

정민이는 바보 엄마를 빠부 엄마라고 하면서도 바지를 갈아입고 있었다. 엄마는 그저 빨리 친구를 만나러 가고 싶은 정민이의 마음에 공감했을 뿐이다.

**말투를
바꿨더니**

한 번의 공감과 경청으로 아이들이 곧바로 바뀔 때도 있지만 여러 번 해야
겨우 바뀔 때도 있습니다. 한 번만 더 공감하고 경청해 보세요.

"넌 정말로 친구를 빨리 만나고 싶구나!
바지도 갈아입지 않고 갈 만큼 빨리 가고 싶단 말이지.
선물도 빨리 주고 싶고,
맛있는 것도 먹고 재미있게 놀고 싶은 마음이지."

엄마를 위한
현실 육아 솔루션

소변을 본 바지를 그냥 입고 나가겠다는 딸의 말은 결코 들어 줄 수가 없지요. 아이에게 공감과 경청을 여러 번 했는데도 아이가 계속하겠다고 우길 때가 있어요. 그때는 엄마의 마음을 편안하게 전하는 '나-전달법'을 이용하세요. 배운 대로 정확하게 하지 않아도 됩니다.

❶ 그렇게 해도 되지 않을 때는 "엄마가 정민이 마음은 충분히 알겠는데 그건 허락할 수가 없어."라고 분명하게 말해야 합니다.

❷ 분명하게 이야기하더라도 부드럽고 따뜻하게 해야 합니다. "너 그러는 게 아니야!"라고 아이 자체를 부정하기보다는 "그런 행동을 하면 안 되는 거야."라고 행동을 말해 주어야 합니다. 그런 후에 아이가 하는 행동을 조금 지켜보아야 합니다. 떼를 쓸 때마다 반응하지 않아야 합니다. 여러 번 반복해서 말을 한다고 아이가 잘 듣는 것은 아닙니다.

❸ 엄마의 주장이 관철되게 하려면 엄마의 확고한 의지를 보여주어야 합니다. 그렇다고 강압적인 태도나 말이 필요하지는 않습니다. 부드러우면서도 단호하게 하면 됩니다.

42

알아서 하라니까!

학원을 빠지고 친구의 생일 파티에 가고 싶은 딸과 엄마의 대화이다.

딸 엄마, 나 오늘 혜림이 생일이라 학원 안 가고 바로 파티 가면 안 돼?

엄마 학원에서 공부하고 가야지.

딸 그러면 늦어. 빨리 가고 싶어.

엄마 그래도 학원에 가서 선생님께 말씀드리고 가렴.

딸 아, 그럼 학원 선생님이 안 보내준다고. 그냥 안 가고 바로 가면 안 돼?

엄마 안 돼. 파티에 한 시간 늦게 가는 게 맞지 어떻게 학원을 빠져? 하루 가는
학원비가 얼만데.

딸 내일 보충할게. 매일 한 시간씩 보충하고 오면 되잖아.

엄마 그건 선생님께 폐를 끼치는 거지. 그러면 미움받아. 그러다 잘 안 가르쳐 주면 어쩌려고.

딸 하… 그냥 하루 빠지고 파티 갈게.

엄마 학원 갔다 가라고 말했다.

딸 몰라. 파티 안 갈래.

엄마 그래, 그럼 알아서 해라.

딸 학원은 내일부터 보충한다니까!

엄마 알아서 하라니까!

딸 아, 몰라. 학원도 안 갈래.

엄마 아니 알아서 하라는데 왜 그래?

엄마는 이런 식으로 아이에게 알아서 하라는 말을 자주 하게 된다. 아이들이 초등학교 고학년이 되면 더 자주 쓰게 되는 말이 '알아서 하라'는 것이다. 아이는 물론 엄마도 이런 대화를 정말 하기 싫다.

'알아서 하라'는 말은 엄마가 선택권을 아이에게 주는 것인가? 어떻게 하는지 두고 보자는 협박인가? 사실은 둘 다 아닐 수도 있다. 엄마도 아이도 어떤 선택을 해야 할지 모를 수가 있다. 엄마가 아이에게 결정을 내려 주기가 어려운 것이다.

"엄마는 아이가 엄마 말을 잘 듣기를 바라세요? 아니면 자신이 하고 싶은 대로 하기를 바라세요?"

대부분의 엄마는 자신의 말을 잘 듣는 아이였으면 하고 바란다.

그런데 질문을 바꿔서 하면 엄마들의 대답이 달라진다.

"엄마는 아이를 자신의 욕구는 접고 누군가 하라는 대로 하는 사람으로 키우고 싶으세요? 자신의 생각대로 소신 있게 행동하는 사람이 되기를 바라세요?"

엄마는 여러 가지 이유로 아이가 학원을 빠지는 것이 탐탁지 않다. 이렇게 한 번 빠지면 자꾸 빠지겠다고 할까 봐 걱정이 되기도 한다.

말투를 바꿨더니

아이가 학원을 빠지고 친구의 생일 파티에 가고 싶다고 할 때는
이렇게 말해 보세요.

"그래, 네 말대로 하면 될 것도 같아.
그런데 엄마가 이번에 허락하면 다음에도 학원을 쉽게
빠져도 되는 것이라고 생각할까 봐 걱정이 되네."

엄마를 위한
현실 육아 솔루션

선택의 순간마다 엄마도 어떻게 할지 몰라 갈등할 수가 있습니다. 엄마가 대답을 명확하게 해 주지 못하게 됩니다. 그러니 아이는 더 알 길이 없어 헤맬 수밖에요.

❶ 엄마는 아이가 학원에 빠지고 생일 파티에 간다고 하면 이런저런 핑계를 대면서 반대하게 됩니다. 엄마도 핑계가 궁색하고 아이도 납득이 안 되는 이유로 거절당하는 것입니다.

❷ 사실 아이들은 학원을 하루 빠지는 것을 대수롭지 않게 생각합니다. 단지 학원을 하루 빠지다 보면 작은 일에도 빠지려고 할까 봐 갈등하게 됩니다. 솔직함이 진성성입니다. 엄마의 진정성을 알게 되면 아이의 마음이 열립니다.

❸ 엄마가 가장 우려하는 것을 솔직하게 말해 보세요. 아이도 속이 시원해지고 솔직해집니다. 이제 말을 잘 듣는 아이로 키우기보다는 자신의 의사를 잘 전달하고 소통을 잘하는 아이로 키워 보세요.

43

패배감이 들게 할 수는 없어요

아이가 원하는 것을 요구하면 부모는 생각한다. 어떤 선택이 아이에게 도움이 되는지 고민한다. 엄마도 당연히 갈등이 있을 수 있다. 엄마와 아이가 서로 다른 의견일 때 엄마는 아이와 소통해야 한다. 대화를 통해 서로 욕구가 얼마나 강한지 살펴본다. 아이가 어떠한 갈등 상황에서도 자신을 잘 표현할 수 있도록 편안하게 말을 할 수 있도록 해야 한다. 물론 부모도 정확하게 자신의 의사를 말해야 한다.

학원을 빠지고 친구의 생일 파티에 가고 싶었던 딸은 엄마의 말대로 했다가는 선물 증정 시간에 함께하지 못하고, 사진도 함께 찍지 못하고, 맛있는 음식도 남아 있지 않을 거라 예상했다. 친구들도 집에 가버리고 없을 수도 있다. 그래서 학원을 빠져서라도 친구들과 함께 시작하고 함께 마무리하고 싶었던 것이다.

그런데 엄마에게는 딸이 참석하려는 생일 파티는 그리 중요하게 생각되지 않았다. 아이에게는 중요한 생일 파티이지만 엄마 입장에서는 좀 늦게 가도 아무 상관없는 일인 것이다. 오히려 학원 마치고 실컷 놀고 오면 된다고 생각했다. 그리고 이번에 학원을 빠지고 생일 파티에 가는 것을 허락하면 다음에도 자꾸 빠지려고 할까 봐 걱정이 되었다.

이런 서로의 입장에 관해 엄마와 딸이 진솔하게 이야기하면 충분히 기분 상하지 않는 결정을 내릴 수 있지 않을까? 허락한다면 기분 좋게 시원하게 허락하자.

아내는 새 가방을 사고 싶었다. 그래서 남편에게 가방을 사고 싶다고 말했다.

아내 여보, 오늘 핸드백 세일을 많이 한다는데 하나만 사고 싶어.

남편 가방 많잖아. 근데 뭘 또 사.

아내 아니, 너무 마음에 드는 가방인데 세일을 한다니까……

남편 세일을 해도 꼭 필요한 것을 사야지.

아내 그 가방이 이번에 산 내 코트랑 너무 잘 어울려.

남편 내가 보면 그 옷이 그 옷이고 그 가방이 그 가방인데……

아내 아… 그냥 이번에 하나 사고 다음부터는 자제할게.

남편 뭐, 당신 알아서 해.

아내 휴~ (어차피 하나 살 건데 그냥 기분 좋게 사라고 하지⋯⋯)

**말투를
바꿨더니**

어차피 허락할 일이라면 아이들에게도 기분 좋게 허락하세요.

"그래, 네 생각이 그렇다면 시원하게 허락할게."

엄마를 위한
현실 육아 솔루션

결정하기 어렵거나 실랑이하기 싫다고 해서 대화를 피하지 말아야 합니다. 아이는 엄마가 회피하는 것을 알아차립니다. 엄마는 신뢰를 잃게 되고 자녀와의 심리적 관계는 멀어지게 되지요. 신뢰와 권위를 잃으면 권위에 대한 존중을 잃게 됩니다.

❶ 알아서 하라고 했지만 엄마의 뜻에 따르게 되면 아이는 엄마가 야속해요. 자신을 이해하지 못하는 엄마에게서 감정적으로 멀어져요. 엄마의 권위에 굴복했다는 패배감이 듭니다.

❷ 이러한 감정들이 거듭되면 아이는 다른 사람의 의견을 듣지 않고 의논을 하지 않는 사람이 될 가능성이 높습니다. 힘에 대한 욕구가 강한 사람이 됩니다. 매사에 호전적이고 이기려고만 합니다. 신뢰와 존경받는 사람이 되기 어렵습니다.

❸ 그렇다고 마냥 아이의 말대로 해주는 것도 온당치 않습니다. 대화와 조율, 타협과 양보가 필요합니다. 그 기저에는 상대방의 입장을 이해한다는 조건이 깔려 있습니다. 아이의 반응도 이해하고 엄마의 마음도 아이에게 이해시킬 수 있는 대화가 꼭 필요합니다.

44

마트에서 물건을 훔쳤어요

효진이가 다섯 살 때의 일이다. 동네 마트에서 전화가 왔다. 효진이가 마트에서 아이스크림을 훔쳤다는 것이다. 평소 효진이의 품성으로 봐서는 설마 그럴 리가 만무했다. 너무 놀라웠고 믿기지 않았다. 우리집 앞 마트가 아닌 옆 단지의 마트였다. 왜 거기까지 가서 아이스크림을 훔쳤는지 알 수가 없었다.

마트까지 가는 길이 가깝지만 멀게 느껴졌다. 마트에 도착하니 효진이가 아이스크림 냉장고 앞에서 우두커니 서 있었다. 눈을 크게 뜨고 꾸부정한 자세로 서 있었다. 얼굴이 하얗게 질려있고 뭐라고 표현할 수 없는 표정이었다.

그때 내 표정이 어땠는지 나도 모르겠다. 가슴이 무너져 내리는 기분이 그런 기분이었을 것이다. 다시는 아들의 저런 모습을 보고 싶지 않았다. 다시는 우리 아들에게 저런 상황이 발생하지 않기를 바랐다. 다시는 우리 아들에게 저런 상황을 만들어 주고 싶지 않았다.

마트 주인의 말로는 아이들이 아이스크림을 꺼내서 그냥 도망갔고 효진이는 마지막에 머뭇거리다 잡혔다는 것이다. 우선 아이스크림 값을 지불하고 죄송하다고 했다. 효진이에게도 사과하라고 하고 아이를 데리고 집으로 왔다.

집으로 오는 동안 너무 놀랍고 혼란스러웠다. 아이에게 어떻게 해야 할지 몰라서 아무 말도 하지 못했다. 나도 아이도 아무 말이 없었다. 창피하기도 하고 놀라기도 하고 걱정이 되기도 하는 여러 가지 감정들이 엉켜 있었다. 아니, 창피함은 아무것도 아니었다. 심장이 벌떡거리는 소리가 온몸으로 들렸다. 이런 일이 생겼을 때 다시는 그런 짓을 하지 못하도록 아주 혼꾸멍을 내 놔야 한다는 말이 떠올랐다. 정말 이참에 나쁜 짓을 하면 어떻게 되는지 확실하게 가르쳐주고 싶었다.

'야! 이 나쁜 놈아. 바늘 도둑이 소도둑 된다는 말 알지? 왜 그랬어. 이 놈아! 먹고 싶으면 먹고 싶다고 말을 하면 될 걸 뭔 짓이야? 창피하지도 않아? 엄마가 창피해서 어떻게 얼굴을 들고 다니겠냐? 어린 녀석이 나쁜 짓을 먼저 배우고 있구나. 넌 나쁜 사람이 되는 거야. 경찰서에 가고 감옥 가게 돼. 그럼 엄마도 아빠도 못 본다. 이런 일을 한 번만 더 하면 엄마가 직접 너를 경찰서에 데리고 갈 거야. 알겠어? 나쁜 놈 같으니라

구······' 이런 말들이 생각났다.

아이의 손을 잡고 걸어왔는지 그냥 내가 앞장서서 묵묵히 걸어왔는지 기억이 나지 않는다. 걸어오는 그 길에 잠시 떠오르는 장면이 있었다.

내가 상담 봉사를 처음 했을 때의 일이다. 초등학교 6학년 남자아이가 선생님의 물건을 훔치다 들켰다. 그 아이의 상담을 어떻게 해야 하는지 슈퍼 비전을 받았다. 내가 '아…' 하고 깨우친 것이 있었다. 얼떨결에 왜 그랬냐는 질문이 나올 수 있다. 그전에 먼저 감정을 살피라고 들었다.

'많이 놀랐겠구나. 많이 창피했겠다. 넌 나쁜 애가 아니야. 단지 자제하지 못했던 그 행동이 나쁠 뿐이야.'

이렇게 나쁜 사람으로 낙인찍지 않아야 한다는 것을 배운 적이 있었다.

내 아이의 일이다. 마음을 진정시키고 지혜로운 방법을 생각해보자. 엄마가 말을 하지 못할 정도로 놀랐는데 아이는 얼마나 놀랐겠는가? 마트 주인에게 얼마나 혼이 났을까? 얼마나 창피했을까? 아이는 엄마가 지금 아무 말이 없다는 것이 더 무서울 것이다. 어쩌면 훔친 행동이나 마트 주인보다 엄마에게서 일어날 일에 더 마음이 무거울 수도 있다.

지금 아이에게 필요한 것은 혼내고 다그치는 것이 아니다. 엄마가 가장 먼저 해 주어야 할 것이 위로와 사랑일 것이다. 아이가 간절히 원하는 것도 엄마의 위로와 사랑일 것이다.

사실 집에 와서 내가 어떤 행동을 했고 어떻게 말했는지 기억이 잘 나지는 않는다. 하지만 앞서 생각한 말은 하지 않았을 것이다. 지금 다시 그 시간으로 돌아간다면 어떻게 할까?

아이의 손을 잡고 걸어왔을 것이다. 집에 와서는 "많이 놀랐지? 아저씨에게 많이 혼나고 창피했지?"라며 안아줄 것이다. 그리고 질책하지 않고 아이가 말할 때까지 기다릴 것이다.

그때 아이가 한 말이 기억난다. "우리 아파트 놀이터에 갔어. 형들과 재미있게 놀고 있었어. 형들을 따라 좀 더 큰 아이들이 놀기 좋은 옆 놀이터에 가게 되었어. 그 놀이터에 가니 더 큰 형들이 있었어. 그 형들이 아이스크림을 먹으러 가자고 해서 따라갔어. 형들이 빨리 꺼내 가자고 해서 아이스크림을 꺼냈어."

내가 이 말을 다 들은 것을 보면 험악하게 아이에게 몰아붙이지는 않았을 것이다.

마트에서 물건을 훔친 아이에게 어떻게 대해야 할까요?
어떻게 말해 줘야 할까요?

"그래, 솔직하게 이야기해 줘서 고마워.
우리 효진이가 훔치려고 마음먹고 그런 것이 아니란 것을
알아. 우리 효진이는 그런 사람이 아니란 것을 엄마가 알고 있어.
다음부터 안 그러면 되는 거야. 자, 이제 우리 마음을 가라앉히
는 의미에서 따뜻한 차 한 잔 할까?"
그리고 아들이 좋아하는 음식을 해 주면 어떨까요.

엄마를 위한
현실 육아 솔루션

아이가 마트에서 물건을 훔쳤을 때 잘못한 행동을 되짚지 않았어요. 아이 자신도 잘 알고 있기 때문이죠. 만약에 아이가 자신이 잘못한 것을 알아차리지 못한 경우에는 간단하게 설명해 주어야 합니다. 행동을 비난하는 것이 아니라 있는 사실을 담담히 말해주어야 합니다.

❶ 엄마가 아이를 훈육하는 이유는 잘못된 행동을 꾸짖기보다는 다시는 그런 나쁜 행동을 반복하지 않게 하기 위함입니다. 결코 모욕이나 모멸감을 느끼게 하는 것이 아닙니다. 효진이에게도 꾸짖기보다는 공감의 방식이 더 효과가 있었습니다. 마음의 상처보다는 울컥한 감동이었을 것이라 여깁니다. 아이는 안도의 한숨을 쉬었을 것입니다.

❷ 엄마가 아이를 훈육할 때 가장 염두에 두어야 할 것이 있어요. 아이가 나쁜 것이 아니라 행동이 잘못됐다는 것을 알려주고, 비난부터가 아니라 놀람을 달래 주는 것부터 해야 합니다. 훈육의 목적은 다시는 나쁜 행동을 하지 않기 위함이죠.

❸ 잘못된 행동은 간단명료하게 말해야 합니다. 그러기 위해서는 엄마도 감정을 추슬러야 합니다. 훈육의 목적을 생각해야 합니다. 그래서 엄마 노릇은 가장 어려운 일입니다. 여러분은 지금 그 어려운 일을 해내고 있습니다. 잘 하려고 노력하고 있습니다.

뭐든 하라고 말을 해야 겨우 해요

"선생님, 우리 애는 자기가 할 일을 스스로 안 해요. 매일 아침 일어나는 것부터 내가 다 해줘야 해요. 정말 잔소리하기 싫은데 일일이 하라고 하는 게 너무 힘들어요. 좀 알아서 하면 될 텐데 하나하나 말해줘야 해요. 다 컸는데 왜 알아서 혼자 하지 못하죠? 매일매일 하는 일인데?"

상담실을 찾은 엄마든 부모 교육을 받는 엄마든 거의 모든 엄마들은 이런 호소를 한다. 아이가 아침에 일어나서부터 잠이 들 때까지 돌봐줘야 한다. 그것이 얼마나 에너지를 많이 써야 하는지 해본 사람만 안다.

나는 엄마들에게 "아이가 몇 살인가요?"라고 질문한다. 대부분 유치원이나 초등학교 저학년이다. 나는 "대학생 이야기하는 줄 알았어요."

라고 응대한다. 이 말을 듣고 엄마들은 모두 공감하며 웃는다. 대학생도 엄마가 개입하려고 마음먹으면 할 말이 얼마나 많겠는가?

대학생에게는 포기나 수용을 한 상태이기에 그냥 내버려 두는 것인가? 알아서 할 것이란 믿음이 있어서인가? 무슨 이유이건 대학생에게는 '이래라저래라' 하는 말을 차츰 줄이게 된다.

아이가 중학생이 되고 사춘기가 되면 엄마는 또 어떤가? 그냥 '말을 말자.'라고 포기 아닌 포기를 선택한다. 말해도 소용이 없다는 것을 깨달았기 때문이다. 아니, 말하면 뭔가 상황이 더 나빠진다는 것을 알기 때문이다.

하지만 어린아이는 다르다. 엄마에게는 뭔가 바로잡아 줘야 한다는 생각이 강박증에 가깝다. 잘 가르쳐서 잘 살게 만들어야 한다는 의무감과 책임감이 크다. 엄마가 제어할 수 있는 시기에 제어해야 한다는 조급함도 있다. 어린아이를 둔 엄마는 포기나 수용을 할 수 없기 때문에 호소하는 것이다.

나 역시 딸을 키우면서 하고 싶은 말을 참아야 했다. 나도 잔소리하기 싫었다. 말하고 싶은 것을 꾹 참아야 했다. 특히 "숙제해라"는 말을 참아야 했다.

🔵 나 엄마가 지금 무슨 말이 하고 싶을까?

딸 숙제해라.

딸의 말을 듣고 웃음이 나와서 딸과 함께 크게 웃었다.

말투를 바꿨더니

아이에게 뭐든 하라고 말을 해야 한다고 생각하세요?
"학원 숙제 다 했어? 학원 갈 준비는 다 했어? 빨리 좀 해라."라고 말하지 않
아도 아이들은 지금까지 엄마가 한 말이 있어서 다 알고 있어요.
이렇게 말해 주세요.

"학원 갈 시간 30분 남았어."

엄마를 위한
현실 육아 솔루션

엄마가 한 번 이야기만 하면 아이가 척척 알아서 잘 해주면 얼마나 좋을까요? '기계처럼 한 번 입력해 두면 영원히 하라는 대로 하면 어떨까?' 하는 상상을 해봅니다. 그런 성인으로 성장한다고 생각해보면 기분이 썩 명쾌하진 않습니다. 진정 그런 인간 세상은 원하지 않습니다.

❶ 엄마가 말을 하지 않아도 알아서 잘 하는 아이가 몇이나 될까요? 그건 미리 어른 역할을 할 수밖에 없는 아이들에게서나 볼 수 있는 행동입니다. 보살핌을 받을 수 없는 아이들의 마음 아픈 현상입니다.

❷ 빨리 알아서 하지 않는다고 혼내서 말을 듣는 것은 억지로 말을 듣는 것입니다. 스스로 말을 듣는 게 아니지요. 그렇게 해서는 능동이 아닌 수동적인 아이로 만들 뿐입니다.

❸ "~해라"는 명령이지만 "~하면 어떨까?"는 권유입니다.
"학원 갈 시간이 30분 남았네."는 은근한 강요입니다. 그렇다 하더라도 명령보다는 자율성을 주고 책임감을 길러줍니다.

엄마는 늘 하기 바라고
아이는 늘 하지 않는 것처럼 보일 때

엄마는 아이에게 지시나 명령을 한다. 그런데 아이는 엄마와 생각이 다르다.

> **엄마** *"아침에 알람이 울리면 얼른 일어나라."*

아침에 알람이 울려도 아이는 계속 잔다. 엄마는 화가 나도 아이는 아무렇지도 않게 잘 자고 있다. 엄마는 일어나라고, 일어나라고 몇 번을 말해도 아이는 그냥 잔다. 아이는 지각도 하지 않는데 아침마다 안 일어난다고 엄마가 화를 내는 것이 이해가 되질 않는다.

> **엄마** *"장난감 던지지 마라."*

아이는 장난감을 왜 던지지 말아야 하는지 모른다. 깨지지도 않는데. 그냥 놓으려고 해도 엄마가 명령하니까 더 던지게 되는 것이다.

엄마 "가방 잘 챙기고 준비물 확인해라."

준비물은 어제 챙겼는데 왜 아침에 바쁘다면서 또 확인하라고 하는지 모르겠다. 귀찮게.

엄마 "빨리 씻고 밥 먹고 학교 가라."

아침에 바쁘면 밥은 안 먹어도 된다. 먹고 싶지도 않다.

엄마 "학원 가기 전에 미리 숙제해라."

숙제를 안 하고 학원에 간 적이 한 번도 없는데 왜 매일 숙제 안 한다고 하는지 모르겠다. '나, 숙제 안 한 날 없거든요!'

엄마 "안 된다고 하는 일에 떼쓰지 마라."

엄마는 내가 뭘 하고 싶어 하면 일단 무조건 안 된다고 한다.

엄마 "엄마가 말하면 빨리 대답하고 행동해라."

엄마는 내가 하려고 하면 꼭 먼저 말해서 하기 싫어지게 만든다. 내가 뭘 생각하고 있는데 엄마가 갑자기 일을 시키면 멍해진다. 머리를 전환할 시간이 필요한데 엄마는 빨리하라고 소리만 지른다.

엄마와 아이가 느끼는 것은 이처럼 엄청나게 다르다.

아이는 엄마가 늘 '뭘 해라, 뭘 하지 마라.'는 말만 한다고 생각한다.
다 알아서 할 건데.

"제가 다 알아서 할게요."라고 말하면 엄마는 또 "알아서 하긴 뭘 알아
서 해? 언제 그런 적이 있었냐? 빨리빨리 해야지."라고 한다.

아이는 이렇게 생각할 것이다. '아이고… 지겹다 지겨워.'

말투를
바꿨더니

엄마는 아이가 알아서 하기를 기다리는 게 너무 어렵습니다.
참고 기다리다가는 화병이 날 지경입니다.
아이가 숙제를 아침에 일어나서 한다고 했다면 "숙제해야지. 얼른 일어나!"
보다는 이렇게 말해야 아이가 화나지 않습니다.

"7시야!"

엄마를 위한
현실 육아 솔루션

아이들이 엄마의 말을 부정하고 듣지 않으려는 것이 아닙니다. 아이는 어른과 사고 체계가 다르기 때문입니다. 사회의 규범에 대한 기본적인 지식이 없습니다. 그래서 선입견과 편견도 없습니다. 왜 엄마의 말대로 해야 하는지 이해를 하지 못합니다. "왜 그래야 해?"라는 반항처럼 보이는 질문을 합니다.

❶ 자신이 불합리하다고 생각하는 것을 억지로 받아들이게 되면 억울합니다. 자신감은 물론 자존감이 떨어집니다. 자신이 불합리한 처우를 받을 때 불합리하다고 말을 할 수 있어야 합니다. 억울함이 쌓이면 폭발합니다.

❷ 아이가 알아서 하기를 기다리지 못하고 엄마가 명령을 먼저 하면 자발성을 상실하게 됩니다. 자신감을 잃게 되면 매사에 소극적입니다. 다른 아이들에게 따돌림의 대상이 되기가 쉽습니다.

❸ 아이가 부모에게 자신의 주장을 하지 못하면 사춘기 때 크게 반항합니다. 그럴 때 엄마는 아이가 나쁜 아이들에게 물들었다고 합니다. 아이는 또 한 번 부모에게 좌절하게 됩니다.

노력을 부정하면
모든 행동이 부정된다

진수 엄마가 상담을 요청했다.

"늦둥이 일곱 살 아들입니다. 말을 듣지 않고 고집이 셉니다. 지는 것을 싫어해요. 누나들이 게임을 같이 해주는데 지면 난리가 납니다. 누나들이 너무 힘들어해요. 저도 너무 힘들어서 거의 포기 상태입니다. 내년에 학교에 가려면 달라져야 하는데 걱정입니다. 학교에서 지금처럼 행동하면 안 될 텐데……. 저도 어떻게 해야 할지를 모르겠어요. 설득도 해보고 엄포도 해봤지만 소용이 없어요."

진수는 몸집도 크고 에너지도 넘치는 아이였다. 부정적인 피드백을 너무 많이 받고 있는 상태였다. 칭찬하면 어른들이 자신을 조정하려고 한다는 것을 잘 알아차리는 영리한 아이였다.

상담의 기본 골격은 같다. 그러나 내담자에 따라 어떤 방식으로 해야 할지는 다르다. 이수하고 공경하기를 하면서 놀이 치료에 들어갔다.

아이가 이기려고만 하는 욕구를 살피는 것이 우선이다. 너무 이기려고만 하는 아이였기에 주위에서 이기는 것이 중요하지 않다는 말을 계속 할 수밖에 없는 상황이었다. 그 마음을 부정하면 나머지 모든 행동을 부정하게 된다. 아이는 존재 자체가 부정당하는 느낌을 받을 수도 있다.

이기려고 하는 마음을 이해하고 수용하기가 먼저이다. 게임을 할 때 이기려고 하는 마음은 당연하다. 여기서부터 시작해서 긍정적인 피드백이 시작된다.

'진수는 누구보다 치열한 마음으로 놀이에 임한다. 도전정신이 멋있다. 이기기 위해 노력을 많이 한다. 더 열심히 생각하고 전략을 세운다. 규칙을 지키기 위해 애쓴다.'

이렇게 아이의 노력을 먼저 알아주어야 한다.

진수에게 이렇게 말해 주었다.

"진수는 뭐든 열심히 하는구나."

"작전도 열심히 세우네."

"이기려는 마음을 잘 조절하는구나."

"반칙 쓰고 싶은 마음이 들 수도 있는데 잘 참으면서 하네. 규칙도 잘 지키고."

아이를 충분히 이해하고 수용하고 격려한다. 이러다 보면 진수는 지더라도 행동이 조금씩 변화한다. 조금씩 변화하는 행동에도 격려한다. 진수는 고집을 부리지 않게 된다. 나중에 아이는 자신의 생각이나 감정을 이야기하게 된다. 그러면 또 충분히 공감하고 경청한다. 만족감이 충만해지면 진수는 이기고 지는 것에 의미를 두지 않게 된다. 모든 일에 편하게 즐기며 더 잘하기 위해 노력하는 아이로 성장한다.

**말투를
바꿨더니**

진수 엄마에게 한 달 동안 하루에 잘하고 있는 것
10개씩을 말해 주라고 권했습니다. 한 달 동안 꾸준히 하다 보면 다음부터는
자연스럽게 긍정적인 피드백을 하게 됩니다.

"진수는 뭐든 열심히 하는구나."
"작전도 열심히 세우네."
"이기려는 마음을 잘 조절하는구나."

엄마를 위한
현실 육아 솔루션

부정적인 피드백으로 형성되어 있는 관계에서는 긍정적으로 바꾸어 주는 것이 필요합니다. 가령 '교환 감사일기 쓰기'를 권합니다. 특히 여자아이들은 노트를 꾸며가며 서로 교환하는 것을 즐거워합니다.

❶ 아주 작은 것부터 실행하면 됩니다. 엄마도 지친 상태이기에 너무 과하지 않게 할 수 있는 것부터 조금씩 해보기를 권합니다.

❷ 예쁜 노트를 준비해서 감사일기를 쓰다 보면 부정적인 말과 행동, 부정적인 생각과 감정이 긍정적으로 변합니다. 긍정의 힘은 엄마와 아이 모두에게 미치는 영향이 상당합니다.

❸ '엄마의 노트를 읽어줘서 고마워.'라는 말부터 써보세요. 말이나 쪽지보다 노트는 더 큰 힘을 발휘합니다. 고스란히 남아있으니까요. 울적할 때, 힘이 들 때 다시 읽어보면 효과가 얼마나 큰지 알게 됩니다.
요즘은 SNS로도 많이 하지요. 그것도 남아있는 것이니 좋아요. 엄마와 아이가 편하고 좋은 것을 선택하여 꾸준히 해보세요.

4장

아이를 크게 키우는
멋진 엄마 되기

"아이를 틀 밖에서
크게 키우고 싶어요."

화내지 않고
아이를 크게 키우기

4장은 아이의 행동 수정이 아닌 엄마의 마음가짐에 대한 이야기이다. 어쩌면 뻔하고 식

상한 이야기일 수도 있지만 아이를 크게 키우는 멋진 엄마가 되려면 아이에게 적용하기

를 적극 권한다. 내가 많이 노력했던 부분이다.

사례별로 아이의 마음을 하나하나 알아주고, 엄마와 아이가 행복하게 사랑을 주고받을

수 있게 도움을 준다. 조금 더 크게 보고 내 주변도 살피며 살아가는 여유도 있기를 바란

다. 아이에게 해줄 수 있는 작은 것부터 생각해보자.

● ● ●

기질대로, 개성대로

나에게는 아들 효진이와 딸 정민이가 있다. 두 아이는 16개월 차이가 난다.

딸 정민이는 어렸을 때 짜증을 많이 냈다. 나는 짜증을 내는 기질이 아니고 아들 효진이도 짜증을 내는 일이 거의 없었다. 처음에 나는 딸이 짜증을 내는 이유를 알지 못했다. 그래서 이해하지도 못했다. 딸이 짜증을 내면 나도 괜히 함께 짜증이 나고 화가 났다. 아들에게 한 것처럼 차근차근 이야기하면 딸은 더 짜증을 냈다. 나중에는 딸이 짜증을 내려고 하는 기색만 보여도 내가 먼저 기운이 빠지고 결국에는 외면하게 되는 상황이 왔다.

나는 부모 교육을 받으면서 두 아이의 성향이 다름을 인지했다. 나의 양육 방식이 아들에게는 잘 맞았지만 딸에게는 맞는 방식이 아니었다. 나는 딸에게 맞는 양육 방식을 생각해 봤다. 딸은 자신의 기분을 잘 맞춰 주고 칭찬하면 더 잘하는 성향이었다. 딸을 위해 말과 행동을 과하게 표현하고 뭐든 더 재밌게 하는 방법을 찾아냈다. 하지만 나에게 맞는 육아법은 아니었기에 에너지가 조금 더 필요했다.

그리고 공감을 배워서 딸의 마음을 알아주기 위해 노력했다. 경청하는 법을 배워서 딸이 더 많은 이야기를 할 수 있도록 들어주었다. 그 결과 딸의 짜증은 많이 줄었다. 그야말로 '이수하고 공경하라'를 실천했다.

나의 딸 정민이는 사람을 좋아하고 인간관계에서 행복을 느낀다. 정민이는 친화력이 아주 좋다. '이수하고 공경하라'로 키운 딸은 그 성격과 기질을 잘 발휘하고 있다. 정민이가 어떤 제품을 사용하고 좋다고 하면 거의 모든 친구들이 그 제품을 구입한다. 그 또래에는 정민이만 그런 것이 아니라 친구 중 누구라도 좋은 제품이라고 하면 다른 친구들이 다 구입했을 수도 있겠지만 말이다. 정민이는 재미있고 실용적인 아이디어 제품이나 소소한 화장품 같은 것을 좋아했다. 물건을 많이 좋아하지만 지금 정민이는 미니멀리스트이다. 대학생 때 나에게 미니멀 라이프 책을 권하기도 했다.

정민이는 초등학교 때부터 축구를 좋아했다. 초등학교 여자 축구 선수단끼리 학교 대항 시합이 있었다. 한 달가량 연습하고 시합에 나가기도 했다. 2002년 온 가족이 모여 새해 목표를 이야기했다. 모두 자신의 개인적인 바람을 이야기하는데 갑자기 정민이가 우리나라가 월드컵 4강에 진출하는 것을 희망한다고 했다. 그 후로도 정민이는 축구를 많이 좋아했다. 덕분에 나는 축구장에서 치킨을 먹으며 관람하는 재미도 알게 되었다.

독일 교환학생 시절에도 정민이는 축구를 보러 자주 경기장에 갔다. 친구들이 공부하러 간 건지 축구를 보러 간 건지 모르겠다고 할 정도였다. 물론 정민이의 축구 사랑으로 친구들도 축구장에 자주 다니게 되었다.

아들 효진이는 논리적이고 합리적으로 말을 하면 어렸을 때부터 잘 알아들었다. 알아듣고 나면 약속을 했고 그것을 잘 지켰다. 반면 딸 정민이는 논리적으로 이야기하면 먼저 짜증부터 냈다. 즐겁고 행복하게 이야기해야 의기투합하는 아이였다. 정민이는 크면서 아주 논리적이고 합리적인 성향을 발휘하기도 했다. 그와 함께 사람과의 관계를 중요하게 생각하고 즐거움의 욕구가 강했던 것이다.

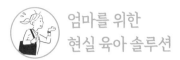

❶ 엄마의 성향도 중요합니다. 하지만 엄마의 성향대로 키우기보다는 아이에게 맞는 육아를 하세요. 아이의 성향을 바꾸는 것보다 엄마의 또 다른 성향을 개발할 수 있는 좋은 기회가 됩니다.

❷ 아이의 기질은 모두 다릅니다. 나와 맞지 않는다고 틀린 것은 아닙니다. 아이의 기질과 성향을 이해하고 인정하고 존중해주어야 합니다.

❸ 아이에게 맞는 육아법을 찾으면 모두가 행복한 육아를 할 수 있습니다. '아이를 키우기가 너무 힘들다'에서 '아이를 키우는 것이 행복이다'로 바뀝니다.

외국어 공부는
엄마가 원하는 대로 된다

'글로벌 시대'라는 말을 방송이나 신문에서 자주 접하는 시기에 아들 효진이를 낳았다. 그리고 16개월 후에 딸 정민이를 낳았다. 글로벌 시대에 맞는 교육을 어떻게 해야 할지 나름 생각했다.

내가 늘 부러웠던 사람은 서너 개의 외국어를 하는 사람이었다. 책을 보거나 여행할 때에도 외국어를 잘하는 사람이 가장 부러웠다. 아이들에게는 몇 개의 외국어를 가르치고 싶었다. 글로벌 시대에 맞게 언어가 가장 중요하겠다는 생각도 들었다.

가까운 미래에는 외국어를 공부하지 않아도 여러 가시 방법으로 소통이 되는 세상이 올 수도 있을 것이다. 생각보다 그 날이 더 일찍 오고 있는 것이 놀랍지만. 여하튼 외국어를 잘하면 뭔가 하고 싶은 일이 생겼을 때 큰 도움이 되리라 생각했다.

　아이들이 유치원에 다닐 때 아들 효진이에게는 중국어를, 딸 정민이에게는 일본어를 가르치기로 했다. 영어는 학교와 학원 등에서 기본으로 하기에 그냥 누어도 잘 하리라 믿었다. 집에서 공부하기 위해 서점에 가서 회화 테이프가 함께 들어있는 교재를 샀다. 나도 아이들과 함께 공부하기로 했다. 아이들에게는 미리 호기심과 흥미를 유발했다.

　호기롭게 시작했지만 두 달을 가지 못했다. 변명하자면 아이들이 놀기에 바빴다. 나는 평소에 몸이 약한 편이라 양육과 집안일에 지쳤다. 양육과 집안일이 지칠 정도로 많지는 않았지만 정서·심리적으로 힘든 상황이어서 몸도 힘들었던 시기였다. 그래서 외국어 공부는 오래가지 못했다.

　나는 아이들에게 외국어 공부를 꾸준하게 해주지 못한 것이 아쉽고 미안했다. 그때 나도 외국어를 잘하는 사람이 될 수 있었는데 좀 더 지속하지 못한 것이 지금도 아쉽다.

　영어 아닌 다른 언어를 접해 봤다는 것만으로 만족해야 했다. 나중에 아이들이 고등학생과 대학생이 되었을 때 스스로 영어가 아닌 다른 외국어들을 배우게 되었다. 아이들이 자연스럽게 외국어를 받아들였던 것으로 보람을 찾기로 했다.

　아들 효진이가 유치원을 선택할 즈음에 영어 열풍으로 많은 브랜드의 영어 학원이 생겼다. 엄마들이 아이를 너무나 보내고 싶게 만든 학원들이었다. 서민에게는 학원비도 만만치 않았다. 그 당시 많은 엄마들이 영어 학원과 정규 과정 유치원과 아기스포츠단 사이에서 갈등을 했었다. 나는 효진이를 아기스포츠단에 보냈다. 효진이가 좀 더 활발한 신체 활동을 하는 것이 더 중요하다고 여겼다. 사회성 발달에도 도움을 줄 것이라 생각했다. 이런 선택이 나의 생각이지 정답은 아님을 밝혀둔다.

효진이가 초등학교 때 학교에서 영어를 배우는 제도가 생겼다. 2학년 때 알파벳도 가르쳐주지 않은 채 영어 학원을 보냈다. 계속 진급하지 못하고 유급을 하였다. 효진이는 영어에 흥미를 잃었다. 나는 영어를 잘 하기를 원해서 여러 가지 방법으로 설득하려고 했으나 결국 실패했다. 급기야는 영어가 필요하지 않는 회사에 다닐 것이라고 했다.

다른 방법을 써 보기로 했다. 학원을 그만두고 집에서 테이프를 반복해서 틀어 주었다. 계속 듣게 하면 지겨워 할 것 같았다. 아침에 일어나기 전에 켜 주고 학교 가기 전까지 들려주었다. '들어라 말아라.'라는 말도 하지 않았다. 그냥 녹음기를 켜 두기만 했다. 어느 일요일 아침, 한번은 효진이가 테이프를 끄고 TV를 보고 싶다고 했다. 엄마가 들으면서 공부하는 것이라며 조금만 더 듣고 끄자고 했다. 그러면서 테이프에 나오는 내용의 책을 늘 곁에 두었다. 그렇게 1년을 넘게 보냈다.

효진이가 초등학교 4학년이 되었을 때 영어 학원을 다시 보냈다. 기초부터 공부했다. 효진이는 진도를 잘 따라갔다. 1년 후에 사촌 형이 미국인 친구와 우리 집에 놀러 와서 함께 보낸 적이 있었다. 효진이는 사촌 형의 친구와 대화를 거의 막힘없이 했다. 그 미국인의 말로는 효진이는 회화 학원을 다니지 않아도 되겠다고 했다. 효진이는 중학생이 되어 말했다. 엄마가 초등학교 때 들려 준 그 테이프의 내용을 다 알아들었다고.

 엄마를 위한
현실 육아 솔루션

❶ 외국어를 잘하게 만드는 방법은 여러 가지가 있습니다. 그중에서 저는 편안하게 듣기부터 익히는 방법을 선택했습니다. 그것이 큰아이에게 큰 영향을 주었습니다. 작은아이는 듣기보다 놀이와 체험 위주의 방법이 더 효과가 있었습니다.

❷ 큰아이에게 뭔가를 계속 수행하게 했다면 귀찮아하고 거부했을 것입니다. 반면 작은아이는 듣기만으로는 큰아이만큼 효과를 보지 못했습니다. 공부도 아이마다 다르게 접근해야 효과가 있습니다.

❸ 상담에 거부감이 있는 아이에게는 가끔 방문 상담을 합니다. 수학을 재미있게 가르쳐주는 선생님이라고 소개하기도 합니다. 상담 접근 방법도 아이마다 다릅니다.

몸은 마음과 연결되어 있다

아이들이 유아기나 초등학교 시절에는 잘 노는 것이 가장 좋은 공부이다. 그러나 주위의 친구들이 모두 방과 후에 무엇인가를 배우기 위해 학원에 간다. 놀려고 해도 친구들이 없다. 학원에 가야 친구들을 만날 수 있다.

나의 아들 효진이는 초등학교 입학 직전에 태권도장에 다녔다. 효진이는 키가 작고 마른 편이라서 태권도를 배우면 자신을 지키고 방어하는 데 도움이 되리라 생각했다. 편하게 말하면 학교에서 맞거나 놀림 받지 않기를 바랐다. 태권도를 하면 친구들이 약하게 보지 않을 것이라 기대했다. 효진이뿐만 아니라 여동생 정민이도 태권도를 좋아하고 잘 다녔다. 방학이 되면 새벽 6시 반에 태권도장에 가기 위해 5시 30분에 일어나기도 했다. 둘 다 4품을 땄다.

글로벌한 아이로 키우는 데 태권도는 도움이 되었다. 특히 우리나라 운동이라는 점이 선택에 한몫을 했다.

효진이는 고1 여름 방학에 교환학생으로 미국에 갔다. 동양인이 없는 학교로 가게 되었다. 조그만 동양인 아이가 전학을 갔으니 학교에서 주목을 받았다. 학교에서 대장질하고 있는 학생이 자꾸 효진이를 집적거렸다. 효진이는 일주일 정도 참았으나 집적거림은 계속되었다.

어느 날 효진이가 벌떡 일어나 돌려차기로 키가 2m 가까이 되는 아이의 턱을 공격했다. 그 아이는 많은 아이들이 지켜보는 앞에서 잠깐 정신을 잃고 쓰러졌다. 학교에서 난리가 날 법도 한데 조용히 넘어갔다. 큰아이가 조그만 아이의 한 방에 쓰러진 것이 창피해서 아무도 그 사건에 대해 말을 하지 않았다고 한다.

그 이후로 효진이의 학교생활은 아주 평탄했다. 미국 친구들은 한국 학생들이 모두 태권도를 어마어마하게 잘하는 것으로 알고 있다고 한다.

딸 정민이도 대학에서 태권도 동아리를 선택했다. 교환학생으로 독일에 갈 때 태권도복을 챙겨 갔다. 장기 자랑 시간이 오면 태권도 품새를 보여줄 요량이었다. 정민이는 지금 독일에서 직장에 다니고 있다. 얼마 전부터 태권도장에 가서 운동을 하고 있다.

나는 아이들에게 태권도를 잘 가르쳤다고 생각한다. 즐겁게 열심히 배워 준 아이들이 마냥 고맙기도 하다.

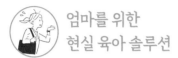

엄마를 위한 현실 육아 솔루션

❶ 정서적인 면에 건강한 신체도 한몫을 합니다. 신체적 장애가 있고 없고를 말하는 것이 아닙니다. 장애가 있더라도 건강하면 됩니다. 하지만 필요충분조건은 아닙니다. 신체가 건강하지 않아도 심리·정서적으로 안정된 사람이 있습니다. 반면 신체가 아주 건강해도 불안정한 사람이 있습니다. 몸이 불편하면 마음도 불편하다는 말은 일반적인 이야기일 뿐입니다.

❷ 정서적으로 안정되고 자존감이 높으면 어디서 무엇을 해도 잘 해낼 수 있습니다. 어려움이 닥쳐도 해결할 수 있는 방법을 찾아냅니다.

❸ 그래서 지식보다는 지혜가 필요합니다. 지식은 작은 칩 속에 모두 들어 있습니다. 하지만 몸과 마음을 스스로 보듬을 수 있으려면 어릴수록 엄마의 도움이 필요합니다.

틀 밖에서 키우며
아이에게 튼튼한 마음 만들어 주기

나는 효진이와 정민이가 심리·정서적 안정을 위해 취미가 하나 정도는 있기를 바랐다. 살면서 힘든 일이 생겼을 때 취미가 있으면 역경을 이겨나가는 데 훨씬 도움이 될 것이라 생각했다. 음악이나 미술이 좋다고 판단했다.

유아기에 피아노를 가르치면 좌뇌와 우뇌가 함께 발달한다고 한다. 꼭 피아노만 양쪽 뇌를 발달시키는 것은 아니지만 때마침 아이가 피아니스트가 열정적으로 연주하는 방송을 보았다. 같은 유치원 친구가 피아노를 치는 모습을 보고 자기도 피아노를 잘 치고 싶다고 했다. 두 아이를 모두 피아노 학원에 보냈다.

그러나 얼마 지나지 않아 아이들은 피아노 학원에 다니고 싶지 않다고 했다. 아마도 단순한 동작을 며칠 반복하다 보니 흥미를 잃었을 것이다. 조금 더 배우면 피아노를 잘 치고 재미있을 거라고 했지만 가고 싶지 않다고 했다. 효진이는 두어 달을 더 다니다가 그만두었고, 정민이는 체르니까지는 가지 못했지만 오빠가 그만두고 나서도 얼마 동안 더 다녔다.

나는 누구나 다 배우는 피아노는 웬만큼 잘해도 만족하지 못할 것이라 생각했다. 들여야 하는 시간과 노력에 비해서 만족도가 낮을 것이라 생각하였다. 다른 악기라도 하나 정도는 할 수 있기를 바랐지만 아이들이 좋아하지 않았다. 음악을 그만두기 아쉬워서 문화센터의 '재밌게 동요 부르기' 프로그램에 잠깐 보냈었다. 음감을 기르고 정서에 조금이라도 도움이 되기를 바랐다.

아이들은 초등학교 때 방학 동안 사물놀이를 배웠다. 나도 아이들과 함께 배우러 다녔다. 겨울 방학 동안 2개월을 다녔는데 제법 잘 따라 했다. 글로벌 시대에 우리 악기를 하나 정도는 할 줄 아는 것이 좋을 것 같았다. 나는 휴대가 편한 목관 악기에 욕심이 났다. 세계를 다니면서 기회가 있을 때마다 연주를 선보이면 멋져 보일 것이라 생각했다. 정체성을 가진 개념 있는 외국인이 되길 바라는 마음이었다. 초등학교에서 통소를 조금 배운 것으로 만족했다. 국악 발성까지 배워서 민요 한 곡만이라도 부르게 하고 싶었지만 욕심을 버렸다.

정민이는 사물놀이를 배워서인지 대학에 다니면서 사물놀이패 동아리에 가입했다. 정민이는 교환학생으로 독일에 있을 때 한인 교회에서 장구를 가르칠 사람을 구한다는 말을 듣고 지원했다. 교회에서 장구 치는 법을 가르치고 용돈을 좀 받았다. 그 용돈으로 외할머니에게 드릴 선물을 잔뜩 사서 한국으로 보내왔다. 정민이는 외할머니에 대한 사랑이 각별한 손녀였다. 선물을 사게 된 경위를 편지에 썼는데 엄마나 이모들이 빌려 달라고 해도 빌려주지 말고 꼭 할머니가 사용하시라는 내용이었다. 가족들이 모여 제법 큰 상자를 풀면서 모두 기쁘고 행복한 시간을 보냈던 기억이 난다.

나는 효진이와 정민이가 외국의 아이들과 함께 지내면서 한국인의 정체성을 가지고 있기를 원했다. 정체성은 아이들에게 심리·정서적인 안정에 크게 영향을 끼친다. 한국의 역사를 잘 알고 올바른 역사관을 심어주고 싶었다. 초등학교 저학년 때 읽기 쉽고 재미있게 구성된 한국의 역사책을 읽으면서 한국사에 흥미를 느낄 수 있도록 했다. 내가 먼저 역사책을 재미있게 읽는 모습을 아이들에게 보여주었다. 위인이 나오면 위인전도 함께 읽었다. 아이들은 엄마를 따라 하게 되어 있다. 덕분에 초등학교 4학년 때 효진이는 친구들로부터 역사학자로 불리기도 했다. 사실 나는 연도를 외워야 하는 역사를 정말로 싫어했다.

엄마를 위한
현실 육아 솔루션

❶ 유아기에 피아노를 가르치면 좌뇌와 우뇌가 함께 발달합니다. 피아노뿐만 아니라 악기는 모두 양쪽 뇌를 발달시키는 데 도움이 됩니다.

❷ 음악은 듣는 능력을 향상시키고 정서 함양에 도움이 됩니다.

❸ 그림과 글쓰기도 자신의 내면을 표현할 수 있어서 음악과 마찬가지로 정서 함양에 도움을 줍니다. 아이에게 맞는 것을 할 수 있게 도와주면 좋습니다. 예술을 즐기면 세계 어디에서도 심력이 단단한 성인으로 성장합니다.

시행착오가 아니라
배움의 시간이다

정민이가 초등학교에 다닐 때는 성적 순위를 가르쳐 주지 않았다. 그래도 선생님이 5등까지는 알려 주셨다. 정민이는 성적이 늘 상위권이었다. 시험 기간이라고 특별히 문제를 풀지는 않았다. 사실 시험 기간인지도 모르고 지나갔다.

정민이는 이해력이 높은 편이라 수업에 집중만 해도 시험을 잘 보는 편이었다. 그러나 중학생이 되면서 시험공부를 따로 하지 않으니 성적이 점점 떨어졌다. 반면 오빠인 효진이와 주위의 사촌들은 성적이 상위권이었다.

정민이는 스스로 공부를 잘 해서 무엇인가를 할 정도의 실력은 아니라고 했다. 여러 가지를 배우면서 적성에 맞는 것을 찾겠다고 했다. 드럼도 배우고 노래도 배우고 싶어 했다. 사물을 보고 그림을 그리는 것은 잘 하는 편이었으나 그림에는 그다지 관심이 없었다.

정민이는 예술에 소질이 있는 성격 유형은 아니었다. 그럼에도 중학생 시절에 방황하는 것보다는 낫다는 생각에 원하는 것은 해 주었다. 그 당시 게임 중독에 빠지는 아이들을 많이 보았기에 약간 걱정이 되기도 했다.

어느 날은 갑자기 코디네이터가 되겠다며 거액의 학원비가 필요하다고 한 적도 있었다. 중학생이 코디를 배우는 것은 시기상조이며 정민이에게도 맞지 않아 해 줄 수 없다고 했다. 미련이 남아 몇 번 더 졸랐지만 허락하지 않았다. 정민이는 되는 것은 흔쾌히 허락하고 안 되는 것은 졸라도 안 해 주는 내 성격을 알기에 이내 포기했다.

정민이는 고등학교 1학년까지 피아노에 몰두했고, 학원에서는 유학도 생각해 보라고 권유했다. 얼마 후 아무리 피아노를 잘 쳐도 학교 성적이 좋지 않으면 원하는 대학에 진학이 어렵다며 공부를 시작했다. 학원에 다니기보다는 자기 주도적 학습을 했다. 고1이 되어서 공부를 하겠다고 했으나 성적이 목표만큼 오르진 않았다. 그동안 공부를 소홀히 했던 것치고는 성적이 잘 나왔지만 원하는 대학에 진학하시는 못했다. 다시 한번 도전하기를 원해서 재수를 했지만 결과는 마찬가지였다. 정민이는 재수하면서 엄청난 인내를 배웠다. 재수 학원에서 상담 프로그

램을 받고 마음이 더 단단해지기도 했다. 내가 해주고 싶었던 프로그램
이라서 반갑게 허락했다.

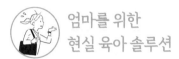

엄마를 위한
현실 육아 솔루션

❶ 일이 마음대로 되지 않는다고 해서 실패한 것은 아닙니다. 시행착오일 뿐입니다. 그
시간을 배운 시간으로 만들면 됩니다.

❷ 실패한 경험을 공유하는 박람회가 있습니다. 실패는 단지 경험일 뿐입니다.

❸ 아이들이 학교에 다니면서 수행해야 할 공부가 있기에 부모님은 다른 것에 몰두하
는 것을 허락하기가 쉽지 않습니다. 그렇다 하더라도 가만히 시간을 보내느니 몰두
해보는 경험을 해 보는 것이 살아가는 데 도움이 됩니다.

결론은 공부로?
개성을 발휘하는 아이!

정민이는 대학 진학을 위해 자기소개서를 썼다. 자기소개서에는 고등학교 3년 내내 반 친구들이 뽑아주는 봉사상을 탔다는 내용이 있었다. 나는 1학년 때만 봉사상을 탄 줄 알고 있었다. 나는 왜 그 사실을 말 안 했느냐고 물었다. 정민이는 별것 아니라고 했다. 친구들이 뽑아주는 상이 별것 아니면 그럼 뭐가 별것인가?

고3 때 정민이와 나는 반훈을 만들면서 즐거운 시간을 보냈다. 반훈의 기준은 개인이 아니라 반 친구들에게 모두 적용되는 것이었다. 그때 정한 반훈은 '쟤 깨워!'였다. 다른 반훈은 자신을 위해 참고 견디자는 내용이었지만 이 반훈은 친구들이 모두 함께 잘 해보자는 의미가 담겨 있어 인상적이었다.

정민이는 초등학교 5학년 때 전학을 했다. 전학한 다음 날부터 친구들이 매일 집으로 놀러 왔다. 정민이는 친구들과 연말에 파자마 파티를 하면서 하룻밤 같이 놀기를 원했다. 엄마들이 다 허락을 해주어 우리 집에서 파티를 했다. 해마다 크리스마스이브에는 우리 집에서 파자마 파티를 했다. 일곱 명의 아이들이 어찌나 재밌게 노는지 웃음이 끊이지 않았다.

중학생 때 정민이는 시골집에서 파자마 파티를 한 적이 있다. 시골집은 비어 있어서 캠프 삼아 가서 놀기 좋다고 했다. 시골집에 가려면 시내버스와 시외버스를 서너 번이나 갈아타야 했다. 배차 시간이 맞지 않으면 오래 기다려야 했다. 그래서 더 재미있다고 했다. 시골집은 아직도 아궁이에 불을 때는 집이라서 아이들에게 특별한 추억이 되었다.

정민이가 대학생 때 독일에 있는 동안에도 친구들이 우리 집에서 파티를 했다. 정민이 친구들이 단아한 장갑을 포장해서 나에게 선물하였다. 나는 아이들과 함께 사진도 찍고 즐거운 시간을 보냈다. 그 당시 아이들 사이에서 유행하던 '몰아주기' 사진을 찍어서 보여주었다. 얼마나 웃었는지 턱이 아플 지경이었다.

해마다 기발한 아이디어로 즐거운 이벤트를 만들어서 놀았는데 정민이가 없으니 뭔가 허전하다. 오랜 기간 가족 같은 친구로 서로 아끼며 살아가는 모습을 보면 어찌 그리 예쁜지. 아이들이 즐겁고 행복한 모습을 보는 것은 엄마에게는 최대 행복이다.

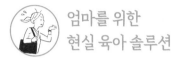

**엄마를 위한
현실 육아 솔루션**

❶ 아이들을 믿어보세요. 엄마가 불안해하면 아이도 불안해합니다. 아이를 믿고 맡겨 보세요. 엄마가 안정되어 있으면 아이가 편안하게 모든 것을 수행합니다. 허용의 한 계를 점점 넓혀보세요.

❷ 이해하고 수용하고 공감하고 경청해 보세요. 이수하고 경청하면 기대 이상의 아이 가 될 수 있습니다.

❸ 아이들을 믿고 용기를 주세요. 아이들은 엄마가 믿는 대로 자랍니다. 조금 잘 못하면 어때요? 서툴러서 다른 결과가 나오면 또 어때요? 경험 삼아 다음에는 좀 더, 그다음 엔 조금 더 잘하면 됩니다. 믿고 기다리고 용기를 주세요.

독립적으로 키워야
엄마가 진정 편하다

나는 아이들에게 공부에 대한 기대를 크게 하지 않았다. 그래도 마음 한구석에는 책을 많이 읽었으니 이해력이 높아서 점점 더 나아질 것이라 믿었다.

효진이는 중학교 1학년 때 전교에서 중간 정도 성적이었다. 나는 효진이에게 중3이 되면 성적이 더 좋아질 것이고 고1이 되면 더 좋아질 것이라고 말했다. 효진이의 성적은 내가 말한 대로 되었다.

고1이 되자 효진이는 2학기에 교환학생으로 미국에 가겠다고 했다. 중2 때 효진이가 미국에 교환학생으로 가고 싶다고 했던 말이 생각났다. 그동안 교환학생으로 가기 위해 열심히 영어 공부를 하면서 준비했다는 말을 듣고 깜짝 놀랐다. 나는 공부하고 일하느라 아들이 영어를 그렇게 열심히 공부하는 줄도 몰랐다.

아들이 미국에 교환학생으로 갈 때 내가 한 일은 건강 검진을 위해 병원에 함께 가주는 것, 영문으로 된 주민등록등본과 졸업증명서를 떼어주는 것 정도였다. 모든 절차에 따른 준비는 아들 혼자서 했다.

효진이가 미국으로 떠나는 날 인천 공항에 도착해 보니 다른 엄마들은 "여권 가방은 미리 메고 있어라. 어느 공항에서 몇 시간 기다려야 하는데 밖으로 나가지 마라. 목적지에 가면 누가 나와 있을 것이다. 그 사람의 이름을 기억해 두어라." 등의 당부를 하고 있었다. 우리 집은 고등학교 1학년인 효진이가 혼자서 유학원을 알아보고, 교육을 받고 서류를 준비하고, 미국 홈스테이 가족과 소통하고, 비행기 티켓을 구입했다. 아들에게 정말 미안하면서도 한편으로는 대견했다.

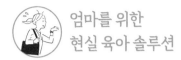

❶ 어렸을 적부터 아이들에게 선택권을 주었습니다. 자신이 한 선택에는 책임감이 생깁니다. 독립적인 이이로 키우기 위해 엄마가 해야 할 일입니다.

❷ 아이가 하는 대로 지켜보고 기다리는 것이 먼저입니다. 개입해야만 하는 부분에서 개입하면 됩니다. 한 번의 개입이 효과가 큽니다.

❸ 아이는 엄마가 말하는 대로 행동합니다. 그리고 믿는 만큼 합니다.

천 냥 빚을 갚는 말

엄마는 아이가 말을 안 들어서 상담실을 찾는다. 아이는 엄마와는 말이 안 통한다고 호소한다. 서로 대화가 안 된다고 한다.

간혹 여학생이 임신하고 보호기관으로 들어가기도 한다. 기관에서 상담을 요청해서 학생을 만난다. 그 상황에서 거의 모든 아이들이 먼저 하는 말이 있다. 엄마에게 알리면 상담을 그만하고 기관에서 나가버리겠다고 한다.

임신한 여학생이 임신 초기에 기관에 오는 일은 드물다. 이리저리 알아보고 여러 가지 방법을 찾아보다가 여의치 않아서 마지막 선택한 곳이 기관이다. 서둘러 결정해야 할 사안이 너무 많아서 나도 기관에서도 난감할 때가 많다. 엄마에게는 절대로 알리지 말라고 하니 빠른 시간에

언니나 이모 등 의논할 사람을 찾아서 해결해야 한다. 차라리 담임 선생님이라도 만나겠다고 하면 정말 다행이다.

세상에서 가장 어려울 때 마지막까지 힘이 되어 주는 사람은 바로 부모이다. 그런데 아이들은 부모에게 알리는 것을 가장 싫어한다. 어려운 일이 생기면 가장 가슴 아파하고 도와 줄 사람이 부모인데도 말이다. 부모님에게 너무 죄송하고 볼 낯이 없어서 숨기고 싶을 수도 있다. 그러나 대부분의 아이들은 부모에게 감정이 상한 상태이다. 더더욱 좋지 않은 일로 마주하고 싶지 않다고 한다.

이 아이들의 부모들은 그렇지 않을 것이 분명하다. 자식에게 힘든 일이 생겼으니 한걸음에 달려와서 뭐든 척척 해결해 주고 싶을 것이다. 하지만 아이가 어렸을 때부터 이해하고 수용하기보다는 잔소리를 하지 않았을까? 아이가 작은 실수를 했는데도 책망하면서 야단을 치지 않았을까? 그래야 아이들이 다음에 그런 실수를 반복하지 않을 거라고 여기지 않았을까? 아이에게는 상처받은 감정이 그대로 남아있다. 그러니 힘든 일이 생겼는데도 부모에게 절대로 알리지 말라고 하는 것이다.

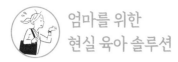

❶ 부모가 평소에 이해하고 수용하기보다는 아이에게 야단을 쳤다면 아이들은 엄마의 말이나 행동이 모두 비난으로 들렸을 가능성이 큽니다.

❷ 말 한마디가 천근만근 쌓여 있는 우리 아들딸 마음속 바위를 한번에 부수어 버릴 수 있습니다.

❸ 마음과 말이 같을 수 있는 '말하기'에 관심을 가져주길 간절하게 바랍니다.

유치원 첫날의 깨달음

아들 효진이가 처음으로 유치원에 간 날이었다. 유치원에서는 아이들의 분리 불안을 줄이려고 학부모들에게 한 시간 동안 아이와 함께 있도록 해주었다. 엄마들은 아이들이 어떻게 생활할지 궁금하여 무한한 호기심을 가지고 보고 있었다. 아이들보다 엄마들의 눈이 더 반짝였다. 아이가 선생님의 말에 귀를 기울이며 앉아있는 모습이 얼마나 대견하던지……. 엄마 꽁무니만 졸졸 따라다닐 줄 알았는데 순간 섭섭한 마음도 들었다. 엄마가 옆에 있어서 그런지 적응을 잘 하는 아이들을 보고 안심하였다. 그리고 내일부터 오전 시간은 큰아이의 육아에서 해방되어 온전히 내 시간을 가질 수 있는 것에 설레기도 했다.

선생님은 유치원에서 어떻게 생활해야 하는지 아이들에게 세심하게 알려주었다. 유치원 차에서 내리면 줄을 서서 걷고, 입구에서 원장님과 인사하고, 신발을 벗고 신발장에 넣는 것까지 몸소 보여주었다. 계단을 오르내리는 법, 외투를 벗어서 차근차근 개어 사물함에 넣는 법 등을 상세하게 가르쳐 주었다.

육아에 관심이 많은 나는 아이들에게 어떻게 가르쳐야 하는지를 신선하게 깨닫는 시간이었다. 갑자기 뇌세포가 요동을 치며 뭔가를 한 번에 깨달은 느낌이었다. '하나하나 차근차근 보여주고 알려주는 것이 정말 놀랍고 대단하다. 저렇게 하는 거구나!' 아이를 가르칠 때는 하나하나 먼저 보여줘야 한다는 것을 깨달았다.

오래전에 했던 부모 교육에서 4세 아이의 엄마가 한 말이 떠올랐다.

"우리 아이는 엘리베이터 숫자를 몰라서 버튼을 누르지 못해요."

아이가 숫자를 아느냐고 물어봤다. 엄마는 아이가 숫자를 당연히 알아야 한다고 생각하고 있었다. 숫자를 가르쳐 주었느냐는 질문에 의아한 표정을 지었다. 가르쳐 주지는 않았지만 그냥 알고 있어야 하는 것이 아니냐고 했다. '숫자를 왜 모르죠?'라고 반문을 하는 듯한 표정이었다. 함께 공부하던 엄마들이 이구동성으로 말했다. 가르쳐 주지도 않았는데 아이가 어떻게 숫자를 알겠느냐고.

나는 디테일에 약한 편이다. 하나하나 시범을 보인다는 것은 생각지도 못했다. 아이들에게는 시범을 보여줘야 했는데 나는 그냥 하라고만 했다. 아니, 내가 그냥 해버리는 것이 편하고 시간도 절약되었다. 제대로 보여주지도 않았고 가르쳐 주지도 않았던 것이다. 그냥 하라고만 하면 잘할 것이라고 착각하고 있었다. 그 후로 유치원 선생님처럼 해보려고 노력했다. 종종 잊어버리는 때가 있었고 마음이 급하면 생각대로 잘되지 않는 날도 있었지만 좀 더 디테일에 신경 쓰는 것을 느낀다.

 엄마를 위한
현실 육아 솔루션

❶ 아이에게 보여주지도 않고 알려 주지도 않으면서 잘하라고 하는 것은 회사에 처음 입사해서 그냥 일하라고 하는 것과 같습니다. 아이는 엄마가 어떻게 하라고 하느냐에 따라 달라집니다.

❷ 아이들이 좀 더 즐겁게 할 수 있는 방법을 연구하는 것도 육아법의 하나입니다.

❸ 아이의 눈높이에서 바라보고 소통을 하세요. 아이의 자존감이 높아집니다. 자존감이 높은 사람에게는 무엇이든 거뜬히 해낼 수 있는 능력이 있습니다.

다른 집 아이는 이해가 되는데
우리 아이에게는 화가 나요

큰아이가 유치원에 다니게 되면서 또래 아이 엄마들과 자주 어울리게 되었다. 그러면서 공동육아에 대한 관심도 높아졌다.

아이들끼리 노는 것을 지켜보고 있으면 여러 가지 생각이 든다. 아이들끼리는 다 통하는가 보다. 말을 주고받지 않아도 서로의 감정을 다 알아차리나 보다. 또래는 눈높이가 같으니 저절로 공감이 되나 보다. 아이들은 방금 만나서도 공감이 잘 된다. 아이들끼리 서로 장난감을 갖겠다고 다투고 울기도 하지만 그것조차 사랑스럽다.

네 살 된 종훈이가 그림판에 그림을 그리고 있었다. 함께 그리는 아이도 있고 그 옆에서 그림을 지켜보는 아이도 있다. 심각한 표정을 짓기도 하고 서로의 눈을 바라보며 까르르 웃기도 한다.

엄마들은 종훈이가 그림 그리는 것을 보고 있었다. 네 살 된 아이가 고사리손으로 펜을 잡고 그리는 모습이 얼마나 귀여운지 모두 흐뭇하게 보고 있었다.

종훈이 엄마는 "이건 뭘 그린 거야? 그림을 그리려면 잘 좀 그려라. 강아지가 왜 파란색이니?" 등의 말을 자꾸 했다. 아이는 엄마가 옆에서 이것저것 지적하는 것을 싫어했다. 급기야 아이는 그림을 그리기 싫다며 울어버렸다.

다른 엄마들이 "잘 그리면서 노는 애한테 왜 그러냐"며 아이를 달랬다. 엄마들은 종훈이에게 그림을 잘 그렸다고 마구 칭찬했다. 종훈 엄마도 다른 집 아이가 그림을 그렸다면 잘 그렸다고 말했을 것이 분명하다.

엄마가 아이에게 부정적인 말을 하면 아이의 생각은 어떨까? 아이의 눈높이에서 생각하고 감정을 느껴보자.

'나는 그림을 못 그리는 사람이야. 엄마도 내가 못 그리는 사람이라고 인정하는 거야. 나는 그림도 못 그려. 그림도 못 그리는 사람인데 뭘 잘하겠어? 난 뭐든 못하는 사람이야. 난 부족한 사람이야. 난 못난 사람이야. 난 왜 이 모양이지.'

만약 다른 집 아이였다면 무한 칭찬을 했을 것이다. 긍정적인 피드백을 잘 했을 것이다.

"이건 뭐야? 와… 정말 잘 그린다. 강아지를 파란색으로 칠하다니 아주 창의력이 최곤데! 우리 종훈이 화가 되는 것 아냐? 어떻게 네 살인데 이렇게 잘 그려? 그림을 얼마나 많이 그렸던 거야? 엄청 열심히 그렸나 보네. 이렇게 재미있고 즐겁게 그리니까 더 잘 그릴 수밖에 없지. 그림 그리는 모습이 너무 예쁘고 행복해 보인다. 종훈이가 그림 그리는 모습을 보니까 아줌마가 기분이 좋아져. 종훈이 그림 그리는 걸 보니까 아줌마도 그림이 막 그리고 싶을 정도야. 종훈이는 뭐든 열심히 해서 참 멋있다."

아이가 이런 말을 듣고 자란다면 어떨까? 매사에 자신감을 가지고 뭐든 열심히 하는 아이가 될 것이다.

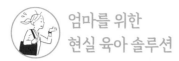

엄마를 위한
현실 육아 솔루션

❶ 우리 아이가 좀 더 잘하기를 바라는 게 엄마 마음입니다. 정도껏 원하고 바라야 된다
는 것도 알지만 쉽지 않습니다. 아이에 대한 애착과 욕심을 버릴 수는 없습니다. 이
해는 되지만 평정심을 찾아 논리와 합리를 생각해 내야 하는 것이 또한 부모의 역할
입니다.

❷ 자칫 아이들에게 향한 관심이 지나친 의욕으로 나타날 때도 있습니다. 어떤 관계든
너무 열정을 쏟으면 서로에게 상처가 되기도 합니다. 그것이 친구이든 부부이든 부
모와 자녀 관계이든 마찬가지입니다. 어쩌면 부모와 자녀 관계에서 부모의 일방적
인 열정의 결과가 아이들에게 더 상처가 될 수도 있습니다.

❸ 내 아이만 혼자 잘된다면 과연 행복할까요? 내 아이의 친구들이 함께 잘되면 더 행
복합니다. 기쁨과 행복을 함께하면 배가 되니까요.

58

내가 다시 아이를 키운다면?

유튜브 영상을 보다가 눈길을 끄는 제목이 있어 보게 되었다. 이 이
야기가 실화인지 꾸며낸 이야기인지는 모르겠다. 영상 콘텐츠 제목은
'공부하라는 말을 단 한 번도 하지 않는 엄마'이다.

영상은 두 여중생이 대화를 나누는 것으로 시작된다. 중학생 A는 시
험 기간이라서 엄마가 단속하고 있다. 친구랑 머리 식힐 겸 영화를 보러
가고 싶다고 말했다가 거의 감금(?)을 당하고 있다.

반면에 중학생 B는 엄마가 시험이나 공부에 대해서 아무런 이야기
도 하지 않는다. 엄마에게 공부하고 있다고 하면 쉬엄쉬엄하라고만 한
다. 매사에 엄마는 잔소리하지 않는다. 뭘 어떻게 하라는 말도 하지 않
는다. 그저 즐겁고 행복한 것만 하라고 한다. 건강이 1순위이고 하고 싶

은 것이 2순위라며 공부가 아니라도 괜찮다고 한다. 엄마가 혹시 친엄마가 아닌지 의심을 할 정도였다.

중학생 B가 반에서 꼴등을 했다며 엄마에게 거짓말을 한다. 엄마는 대수롭지 않게 "그러냐?"며 다른 이야기를 한다. B는 "엄마는 왜 공부하라는 말을 하지 않아요?"라고 묻는다. 엄마는 공부보다 딸의 건강과 행복이 더 중요하기 때문이라고 한다. 그냥 딸이 내 곁에 있는 것만으로도 엄마는 행복하다고 한다.

B의 엄마는 딸이 어릴 때 영재였고 잘 키우기 위해 공부도 많이 시키고 승마까지 배우게 했다. 그 어린 딸을 말에 태우다 사고로 죽을 고비를 넘긴 이야기를 해 주었다. 그 후로 딸의 존재만으로도 행복하다고 했다. 딸이 하고 싶은 것만 하고 살기를 원한다고 했다.

유튜브 영상을 보면서 처음에는 '도대체 어떤 엄마이기에?'라는 의문이 들었다. 사연을 다 보고 나니 이해가 되었다. 만약 내게 이런 일이 있었다면 어땠을까? B의 엄마가 이해는 되지만 나라면 과연 받아들일 수 있을까? 생각과는 달리 실제로 행동으로 옮기기는 어려웠을 것이다.

이렇게 키우다 아이가 뒤처질 수도 있다. 혹시나 사회에 적응하지 못할 수도 있다. 나중에 엄마를 원망하면 어쩌지? 아이가 불행해질지도 모른다. 그러면 나도 불행해진다는 생각이 들었을 것이다. 걱정과 불안이 앞서서 꿋꿋하게 하고 싶은 대로만 하라고 할 수 있었을까? 아마도 '이 생각이 나면 이랬다, 저 생각이 나면 저랬다.'를 반복하지 않았을까?

일관성 없게 우왕좌왕하는 엄마가 되었을 거라는 생각이 든다. B 엄마의 신념은 참으로 대단하다.

이 이야기가 사실이 아니더라도 감동을 받았다. 딸은 엄마의 말을 듣고 어떤 생각을 했을까? 어떤 감정이 들었을까? 나는 그 딸이 무척 잘 자랐을 것이라고 생각한다. 스스로 하고 싶은 것을 찾아내고 스스로 즐기면서 뭐든 열심히 하는 사람이 되었을 것이다. 개성 있고 당당하고 멋있는 여성이 되었을 것이라 의심치 않는다. 다른 사람들에게 긍정적인 영향을 주는 사람이 되었을 것이다.

하지만 내가 다시 아이를 키운다 해도 이런 엄마가 될 수 있을 것이라는 확신은 없다. 손자라면? 그렇다 하더라도 불안과 조바심이 앞서서 자신이 없다.

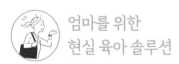

엄마를 위한 현실 육아 솔루션

❶ 부모의 역할은 참으로 중요하고 어렵습니다. 그 어려움을 책으로 말해야 하는 저도 참 어렵습니다. 그러나 가장 어려운 것을 가장 잘 해낼 수 있기에 주어진 사명이라 여깁니다.

❷ 자녀 양육에 정답은 없습니다. 바로 엄마 당신이 정답입니다.

59

너는 있는 그대로 괜찮은 사람이야

아주 오래전에 알게 된 이야기이다. 어느 병원에서 산모가 출산을 했다. 병원에서는 산모에게 아기를 보여주지 않았다. 다음 날에도 그다음 날에도 산모는 아기를 볼 수 없었다. 아기가 심한 장애를 가지고 태어난 것이다. 남편과 병원 측에서 의논한 결과 산모에게 바로 보여주지 않는 결정을 내렸다. 산모의 충격을 덜어주기 위한 조치였다. 산모는 아기가 많이 아프다는 말을 들었지만 뭔가 잘못되었다는 것을 직감했다.

산모는 아기를 병원에 남겨 두고 퇴원했다. 남편에게 아기를 보여 달라고 강하게 요구했다. 결국 산모는 아기를 보게 되었다. 아기는 한눈에 봐도 심장이 쿵 떨어질 듯이 심한 신체장애가 있었다. 주위의 모든 사람이 심장을 졸여가며 보고 있었다. 산모는 아기를 보는 순간 "아! 사랑스러운 내 아기!"라고 읊조리며 아기를 받아 안고 행복한 표정을 지었다. 모두의 예상을 뒤집은 것이다. '위대한 엄마'라는 말이 생각났다.

산모는 참으로 위대하고 훌륭한 사람이다. 분명히 존경받는 엄마가 되었을 것이다. 그 아기 또한 분명히 존경받는 사람으로 성장했을 것이다. 장애를 딛고 많은 이들에게 감동과 교훈을 주는 사람이 되었을 것이다.

간혹 위대한 어머니들의 이야기를 듣게 된다. 세상을 이끌어 가는 사람은 위대한 리더이다. 그를 리더로 만든 사람이 바로 어머니이다. 그래서 세상의 모든 엄마는 책임이 막중하고 그만큼 부담이 크다. 엄마는 온전한 사랑으로 세상을 더불어 살아가는 자식의 인품을 만들어 내야 한다. 이보다 더 위대한 일이 어디에 있을까?

공부를 가르치거나 아이를 이끌어 가는 것보다 무한의 사랑을 주는 것이 더 중요하다. 엄마의 역할은 교육보다 더 큰 사랑을 주는 것이다.

신의진 박사의 말이 생각난다. 부모는 교육이 아니라 공감에 더 신경을 써야 한다. 아이를 가르치려고 하지 말고 아이를 온전히 사랑하는 엄마가 되어야 한다. 아이들을 양육하는 기술을 배우는 것도 좋지만 제대로 된 엄마 노릇이 어떤 것인지를 생각해 볼 필요가 있다.

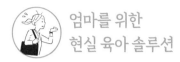

❶ 엄마에게는 아이의 나쁜 점이 더 먼저 보입니다. 나쁜 점을 고쳐줘야 한다는 책임감 때문입니다.

❷ 아이의 좋은 점을 먼저 이야기하다 보면 나쁜 점에 관한 이야기가 자연스럽게 나오게 됩니다. 그때 이야기하는 것을 아이는 잘 받아들입니다. 그렇다고 유도하기 위해 좋은 점을 먼저 말하는 것은 삼가야 합니다. 아이들이 먼저 알아차립니다.

❸ 고쳐야 할 점에 대해서 얘기하자고 아이에게 솔직하게 말하세요.

약이 되는 칭찬,
독이 되는 칭찬

아이가 시험 성적이 올랐다며 엄마에게 자랑한다. 엄마는 아이를 꼭 안아주며 "그랬어? 우리 아들! 정말 잘했어. 엄마는 그럴 줄 알았어. 우리 아들은 머리가 좋단 말이야. 최고야 최고. 정말 대단해!"라고 칭찬한다. 엄마뿐만 아니라 모든 사람이 칭찬을 할 때는 이런 식으로 말하게 된다.

결론부터 말하면 이런 칭찬은 아이에게 긍정적인 영향을 주지 못한다. 나도 처음에 이런 내용을 공부할 때는 '왜?'라는 의문을 가졌다. 아이의 자존감을 높여주는 좋은 칭찬이라고 생각했다. 어떤 부분을 바꿔서 말해야 하는지 감이 잡히지 않았다. 결과보다 과정을 중시하라는 말을 들은 후에야 '아… 그렇구나!' 하는 생각이 들었다.

"우리 아들! 열심히 노력하더니 드디어 해냈구나. 열심히 하는 모습이 정말 보기 좋았고 대견했어."라고 과정을 칭찬해야 한다. 결과보다 노력한 과정을 칭찬하라는 것이다. 이렇게 노력한 과정을 알아주는 칭찬이 저절로 나올 수 있기를 바라며 여러 번 연습하며 새긴 기억이 난다.

아이가 엄마와 약속한 것이 있을 때 그 과정을 칭찬하면 효과가 크다. 작은 변화만 있어도 칭찬하자. 조금씩 좋아지는 것도 찾아내어 칭찬하자. 설령 실망스러운 결과가 나오더라도 조금이라도 나아진 것이 있으면 그것을 칭찬해 주어야 한다. 아이가 약속을 지키기 위해 노력한 것을 강조해야 한다.

엄마는 결과가 먼저 눈에 들어오고 그 결과에 만족한다. 이 상황에서 결과만 놓고 칭찬을 먼저 하게 된다. 그런 후에라도 꼭 노력한 과정에 대한 이야기를 나누어야 한다. 아이가 계속 잘할 수 있도록 동기를 부여해 주는 것은 바로 과정을 칭찬하는 것이다.

"네가 노력하는 모습을 보니 기특하다. 엄마와의 약속을 지키기 위해 애쓰고 있더구나. 네가 엄마를 존중하고 있다는 느낌이 들었어. 엄마가 우리 아들을 잘 키우고 있다는 생각도 들고. 엄마 마음이 흐뭇했어."

이처럼 과정을 칭찬해 준다면 아이는 더욱더 열심히 할 수 있는 힘을 얻게 된다. 잘했다는 칭찬은 옳고 그름을 염두에 둔 칭찬이다. 잘하고 못하고의 판단은 그다지 바람직하지 않다. 이런 말을 자주 하면 아이는 부모의 눈치를 살피게 된다. 자신의 행동을 부모가 옳고 그름으로 판단하는 것에 민감해진다.

장난감을 잘 치운 아이에게는 "잘했어. 우리 아들 정말 착하다."라는 말보다는 "와… 방이 정말 깨끗해졌는데."라고 말해준다. 과정 칭찬이 조금 적응이 되었을 때는 한마디 더 하면 효과가 크다. "덕분에 엄마가 아주 편해졌는걸!" 아이가 한 행동이 엄마에게 도움이 되었다고 말해주면 아이는 뭔가 더 하고 싶은 마음이 생길 것이다. "엄마, 뭐 더 할 것 없어요?"라고 아이가 말한다면 엄마도 아이도 기쁨으로 얼굴이 환해질 것이다.

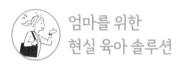

엄마를 위한 현실 육아 솔루션

❶ 결과에 대한 칭찬보다 과정에 대한 칭찬을 많이 해주세요. 결과를 내기 위한 노력을 칭찬해 준다면 그 과정에서 아이가 배웠던 끈기, 성실과 인내 등을 배울 수 있습니다. 아이에게는 무엇이든 도전해 보려는 의지가 생깁니다.

❷ 결과에 대해서만 칭찬을 받다 보면 오직 결과에만 집착해서 다음에도 좋은 결과를 낼 자신이 없다면 시도조차 하지 못하는 사람이 됩니다. 반대로 과정을 칭찬받으면 열심히 하는 모습을 인정받은 것이기 때문에 책임감을 가지고 일하는 사람이 됩니다.

61

결과보다는 과정을 중시하라

결과보다는 과정을 칭찬해야 한다는 것을 가장 잘 보여주는 실험이 있다. 내가 100번 이야기하는 것보다 이 실험을 소개하는 것이 더 실감이 날 것이다. 미국 스탠퍼드 대학의 사회심리학과 드웩 교수의 실험이다.

① 실험 대상은 뉴욕의 초등학교 5학년 학생들이다. 실험에 참가한 학생들에게 비교적 쉬운 문제를 풀게 했다. 그리고 점수의 높고 낮음에 상관없이 모든 아이들에게 칭찬해 주었다. 그런 다음 아이들을 절반 나누어서 다른 방법으로 칭찬해 주었다. 한쪽의 아이들에게는 "너는 참 똑똑한 아이구나!"라고 지능과 결과에 대해 칭찬했다. 나머지 절반의 아

이들에게는 "너는 참으로 노력을 했구나!"라고 과정의 수고를 칭찬했다.

② 그런 다음 두 번째 시험을 보게 했다. 두 종류의 시험지를 준비했다. 한쪽은 어려운 시험문제였고 다른 쪽은 쉬운 문제였다. 두 번째 시험은 아이들이 스스로 시험지를 선택하게 했다. 첫 번째 시험을 치른 학생들 중에서 노력한 과정을 칭찬받은 아이들의 90%가 어려운 시험지를 스스로 선택했다. 반면에 결과에 대한 지능을 칭찬받은 아이들은 거의 대부분 쉬운 시험지를 선택했다.

③ 이어서 세 번째 시험을 보았다. 세 번째 시험지는 난이도가 높아서 아이들이 풀 수 없는 어려운 문제였다. 세 번째 시험의 결과도 의외였다. 노력한 과정을 칭찬받은 아이들은 이 어려운 문제를 스스로 풀기까지 했다. 놀랄 만한 발전을 보였던 것이다. 반면 재능과 결과를 칭찬받았던 아이들은 어려운 문제 앞에서 낙담하였다. 문제 푸는 것을 포기하고 실망했다.

④ 네 번째 시험을 보았다. 이 시험의 난이도는 첫 번째 시험의 난이도와 똑같은 쉬운 문제였다. 네 번째 시험에서도 매우 놀라운 결과가 나타났다. 노력한 과정을 칭찬받은 아이들은 첫 번째 시험의 성적에 비해서 30%가 향상되었다. 하지만 재능과 결과를 칭찬받은 아이들은 오히려 성적이 20% 떨어졌다.

이 실험은 대상을 다르게 하여 6번이나 반복했다. 결과는 모두 똑같이 나왔다. 이 실험의 결과는 매우 놀라웠다. 놀라운 만큼 내게 많은 도움이 되었다. 이 실험을 통해서 지능이나 재능은 고정된 것이 아니라 칭찬과 같은 자극에 의해서 스스로 발달시킬 수 있다는 사실을 알 수 있었다.

아이들의 지능이나 재능의 결과를 칭찬하는 것은 바람직하지 않다. 이미 자존감이 높은 아이들에게는 예외일 수도 있다. 하지만 대부분의 아이들은 부담감에 눌려 아무것도 못 하는 경우가 생기게 된다. 어른들이 아이에게 칭찬할 때 머리가 좋다거나 재능이 타고났다는 칭찬을 하면 아이는 어른들을 실망시키지 않으려고 한다. 도전보다는 안전한 선택을 한다. 실험에서 보았듯이 이런 칭찬은 아이들이 소극적이고 안전한 인생을 선택하게 만든다.

"너는 머리가 좋아서 조금만 더 하면 될 텐데……."
"너는 재능을 타고났어. 남들 하는 것 절반만 해도……."
아이들에게 자주 했던 말이다. 이제 이런 칭찬은 하지 않아야 한다. 그러면 어떻게 해야 할까?
"숙제를 참 정성 들여 열심히 하네!"
"이해하기 어려웠을 텐데 포기하지 않았구나."
여기에 엄마의 일이 줄어들어서 편해졌다든지, 다른 일을 더 많이 할 수 있어서 좋다든지, 아이와 함께 놀 수 있는 시간이 생겨서 좋다는 말을 덧붙여 보자. 좋다는 말을 하고 나면 아이도 행복하고 엄마도 행복을 더 느낄 수 있다.

여기에 하나 더! "열심히 공부해서 좋은 결과를 받았는데, 지금 기분이 어때?" 이렇게 질문해 본다. 아이는 스스로 되돌아보며 자신을 격려하고 힘을 얻게 된다. 자존감이 높아지는 계기가 된다.

엄마를 위한 현실 육아 솔루션

❶ 아이의 타고난 재능이나 재주를 칭찬하면 아이는 마음의 부담을 느끼게 됩니다. 결과를 평가하고 칭찬하면 소극적인 아이로 자랍니다. 반면에 노력하고 있다는 점을 칭찬하면 점점 더 의욕적이고 적극적인 아이로 자랍니다. 능력이 점점 더 향상될 수 있습니다.

❷ "예쁘다, 잘생겼다, 공부를 잘한다, 축구를 잘한다, 태권도를 잘한다, 그림을 잘 그린다." 같은 칭찬은 자제하세요.

❸ 칭찬을 할 때는 이렇게 하세요. "인상이 좋다. 웃으니까 인상이 더 좋아 보인다." "웃는 모습을 보니 마음이 환해진다." "성적이 잘 오르지 않는데도 포기하지 않고 공부를 열심히 하니 대견하고 자랑스럽다." "힘든 검도를 매일 꾸준히 하는 것도 어려운데 승급심사에 떨어져도 포기하지 않고 다시 도전을 하고 있으니 정말 대견하다." "신나게 축구를 할 때는 손흥민도 부럽지 않네." "집중해서 그림을 그리는구나."

62

기분이나 감정에 따라
훈육하지 않는다

아이가 밝은 표정으로 학교에서 돌아온다. 현관문이 열리자마자 "엄마! 시험 100점 맞았어."라며 환하게 웃는다. '빨리 칭찬해 주세요!'라는 표정으로 엄마를 쳐다본다. 아이의 표정만 봐도 엄마는 마음이 환해진다. 칭찬 한 보따리 해주면서 분위기가 한껏 오른다. 아이의 몸짓은 거의 춤을 추는 듯하다.

아이는 의기양양하게 "엄마, 주스 좀 줘요."라고 한다. 엄마는 "그래 알았어." 하며 즐거운 마음으로 냉장고에서 주스를 꺼내 준다. 아이는 가방을 현관에 둔 채 주스를 마시며 들어온다. 그리고 주스 잔을 책상 위에 올려놓고 컴퓨터를 켠다. 그 순간 엄마는 정신이 번쩍 든다. '저 녀석이 지금 바로 게임을 하겠다고?'

평소 같으면 "가방은 제자리에 두고 손 씻어. 주스는 네가 꺼내 마셔야지. 들어오자마자 게임부터 할 생각이니? 학원 숙제부터 해야지." 이렇게 잔소리를 늘어놓지 않았던가?

'얼떨결에 당돌한 아이에게 주스를 꺼내 주는 행동을 내가 지금 하고 있네. 저 녀석이 엄마의 약점을 알고 마음대로 주무르는 거야. 기분이 묘하네. 그냥 넘어가도 괜찮은 건가? 아닌 것 같기도 하고. 어떻게 해야 하지? 이랬다저랬다 하면 안 되는 거잖아?'

엄마는 혼자 혼란에 빠진 채 멍해진다. 아이의 성적이 잘 나와서 엄마가 기쁜 나머지 평소에 허락하지 않은 것을 허용해 주기도 한다. 자신도 모르게 기분이 좋아서 아이의 요구를 들어주고 있다.

'그래, 그까짓 것 한번 해주지. 기분도 좋은데……'라는 생각이 들기도 한다. '그래도 이건 아니지.'라는 생각에 아이를 가만히 쳐다본다. '뭘 어떻게 말을 해야 하지?'

전에도 가끔 기분에 따라 행동했던 내 모습이 떠오른다. 또 혹시 반대로 좋지 않은 일이 생겨서 기분 나쁠 때는 어떻게 했지? 평소와 다르게 작은 일에도 비수용을 했던 것도 같다. 분명히 그랬으리라. 정말 이렇게 일관성이 없어도 되는 건지 모르겠다.

평소 아이의 눈에는 엄마가 천사로 보인다. 아이가 가장 사랑하고 아이를 가장 사랑해주는 사람은 엄마다. 그러다 어떤 상황에서는 천사가 갑자기 마귀할멈이 된다.

나는 아이들에게 "엄마가 혼낼 때 기분이 어때?"라고 질문한다. 자기가 잘못해서, 자기를 사랑해서 혼내는 것이니 괜찮다고 할까? 그런 말은 상담 끝부분에서 나올 수 있는 말이다. 무엇 때문에 혼이 났냐고 질문하면 거의 기억이 나지 않는다고 한다. 아이들은 엄마가 무섭다고 한다. 마귀할멈 같다고 하는 아이도 있다. 더 심한 말은 생략한다. 엄마들이 충격을 받을 수도 있기 때문이다.

아이를 혼낼 때 거울에 비친 엄마의 모습과 표정을 보면 정말 마귀할멈이 따로 없다. 나 역시 아이를 혼내다가 거울에 비친 내 모습을 보고 정말 무서웠다. 누군가 나에게 저런 얼굴로 쳐다보며 질책하고 있는 상황은 상상하기도 싫었다. 그 사람이 내가 가장 사랑하고 나의 모든 것인 엄마라면 세상이 무너지는 느낌이 들 것 같았다. 그런 표정은 대상이 누구이든 평생 내 얼굴에서 없기를 바랐다.

엄마의 기분에 따라 해도 되고 하지 않아도 된다면 아이는 어떤 마음으로 엄마를 대할까? 똑같은 행동을 했는데 엄마의 기분에 따라 전에는 괜찮다며 넘어가고 지금은 혼을 낸다면 아이는 혼란을 겪는다. 나의 수호천사가 갑자기 마귀할멈이 되는 것이다. 그런 상황이 반복되면 아이는 자신의 잘못된 행동을 반성해야겠다고 생각하지 않는다. 기분이 먼저 상하기 때문이다.

아이는 자신의 행동이 옳은 것인지 잘못된 것인지 생각하고 판단하기 어려워한다. 아이는 엄마의 기분을 먼저 살피게 된다. 자신의 가치

관으로 판단하기보다는 먼저 엄마의 눈치를 보고 행동하게 된다. 당연히 아이의 정서가 불안정해진다. 정서가 불안하면 더 눈치를 보게 되고 더 주관이 없어진다. 이렇게 악순환이 반복된다. 성숙한 어른이라도 마찬가지이다. 누군가 자신을 질책하면 혼란으로 인해 불안감이 먼저 든다.

정서가 불안정한 아이는 어른이 되어서도 불안함 속에 살게 된다. 상사의 눈치를 보고 배우자의 눈치를 본다. 나중에는 자식의 눈치도 보는 사람이 된다.

아이의 문제로 상담실을 찾는 부모들 중에는 권위적인 부모가 많다. 기분이나 감정에 따라 훈육하는 부모도 많다. 이런 부모 밑에서 자란 아이는 갑자기 크게 반항하기도 한다.

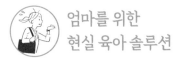

엄마를 위한
현실 육아 솔루션

❶ 엄마의 기분과 감정에 따라 훈육을 하면 아이에게 정서적인 불안만 생기는 것이 아닙니다. 불인으로 인해 혼란과 불만도 함께 생깁니다. 불만이 반복되면 반항심을 갖게 됩니다. 아이도 엄마의 상태에 따라 일관성 없이 요령을 피우게 됩니다.

❷ 부모의 권위가 떨어지는 것은 두말할 나위가 없습니다. 아이가 자라면서 어느 누구의 권위도 인정하지 않게 될 가능성이 높습니다. 권위적인 부모 밑에서 자란 아이는 자신이 힘을 가지게 되면 반항을 세게 하는 경우가 많습니다. 그러면서도 자신은 권위를 부리는 사람이 되기 쉽습니다. 이제 엄마는 아이가 권위를 부리고 불안으로 눈치를 보는 사람이 되지 않도록 악순환의 고리를 끊어야 합니다.

❸ 일관성 있게 양육 받은 아이는 부모와의 관계에 신뢰가 쌓입니다. 사랑과 존중의 마음이 아이 마음속 깊이 자리 잡습니다. 시나브로 아이에게 긍정적인 영향력을 미치게 됩니다. 어느 순간 아이는 존경하는 사람이 생기게 되고 롤 모델로 만듭니다. 자신 또한 존경받는 사람이 되어 있습니다.

63

우리 아이가 십자가에서
보물로 바뀌었어요

나는 내가 싫을 때가 있다. 소중한 시간을 허비하고 있을 때이다. 나는 늘 뭔가를 해야 한다는 강박이 있다. 심지어는 쉬는 시간에도 휴대폰으로 듣는 뉴스를 켜 놓는다. 멀티태스킹이 못 되는 것이 아쉬울 때도 있다. 내가 나를 옥죄고 있다는 압박감이 든다.

내 앞에는 늘 일이 산더미이다. 해야 할 일들이 줄을 서 있다. 내가 만들어 놓은 일에 끌려다닌다. 태산 같은 일을 만들어 놓고 그 앞에서 깔짝거리고 있는 내 모습이 떠오른다. '이렇게 시간을 보내면 안 되는데, 이러다 세월 다 가셨네. 할 일은 많은데 제대로 하는 것이 없어.' 이렇게 스트레스를 받으면서도 나는 이렇게 사는 게 맞는 것이라고 생각했다.

지금은 멍하게 있는 시간을 가져야겠다는 생각이 들 정도이다. 특히 아침에 아무것도 안 하고 멍하니 출근 준비만 하고 있다 보면 창의적인 생각이 떠오를 때가 있다. 모든 일을 던져버리고 가만히 있으면 좋은 생각이 떠오른다. 다시 뭔가를 하고 싶은 마음이 생긴다. 그때는 강박이나 의무감이 아니라 의욕인 것이다.

10여 년 전에 이런 글귀를 보았다. '숙제처럼 살지 말고 축제처럼 살자.' 이 한 문장이 나의 눈을 번쩍 뜨게 만들었다. 어찌 보면 우리 주위에서 흔히 볼 수 있는 문장이다. 그날따라 이 문장이 내 가슴에 와서 꽂혔다.

이 글을 읽고 내 생각을 바꾸었다. '축제'를 내 인생의 모토로 삼기로 했다. 모든 것을 축제라고 각인시켰다. 내가 일을 하는 것도 축제다. 아이들을 부양하는 것도 축제다. 이러다 보니 아침에 일어나는 것도 축제이고 내 아이들이 있는 것도 축복이다.

모든 것이 짐이 아닌 축복이고 의무가 아닌 축제이다. 내 마음이 조금씩 편안해졌다. 아직도 일에서 완전히 자유로워진 것은 아니지만 매사에 '축제'를 떠올리려고 한다. 훨씬 일이 재미있고 생활이 여유로워진다. 긍정적인 생각의 힘이 인생을 바꾸는 것이다.

최근 어느 분의 SNS에서 이런 글귀를 보았다. 삶을 열정으로 살아가는 분이라서 이 글귀가 그분에게 잘 어울린다고 생각했다.

'재주가 많아도 근면하지 못하면 안 되고, 근면해도 현명하지 못하면

안 되고, 현명하더라도 덕을 쌓지 못하면 안 된다.'

마음에 와닿는 글귀라서 한 번 더 읽었다. '그래! 나도 그분처럼 근면하고 현명하게 덕을 쌓아야지.' 하는 마음을 먹었다. 그러한데도 뭔가 의욕이 생겨나지는 않았다. 이렇게 살지 못하면 왠지 잘 못사는 것 같고, 이렇게 살기가 정말 힘드니 매 순간 노력해야만 할 것 같은 부담이 되었다. 마음이 무거워지는 문장이다.

이 문장을 좀 더 긍정적인 말로 바꾸었다. '난 재주가 많아서 행운이다. 게다가 근면하면 더 금상첨화지. 근면에 현명함이 더해지면 완전 멋진 인생이야. 현명하면서 덕까지 있는 내가 되는 거지.' 그랬더니 이미 나는 그런 나였던 것처럼 가슴이 펴진다. 애쓰지 않아도 덕있는 나로 살 수 있다는 자신감이 생긴다. 자존감도 높아진다.

부담감의 숙제보다는 즐기는 축제로 만들었다. '해야만 한다!'보다는 '난 그렇게 하고 있는 중이야.'로 바꾸었다. 정말 내 생각과 감정이 바뀌었다. 숙제처럼 사는 것이 아니라 축제를 즐기는 것이다.

처음 부모 교육을 시작하고 얼마 되지 않은 초창기의 일이다. 두 딸을 훌륭하게 키운 엄마에게는 초등학교 고학년의 아들이 있었다. 학식도 높고 교양도 있으신 분이었다. 아이를 잘 기르신 분이라서 오히려 내가 배울 것이 더 많아 보였다.

그분이 나의 부모 교육 프로그램에 참가해 3주째 오는 날이었다. 교육을 마치고 각자 소감을 이야기하는 시간에 이런 말씀을 하셨다.

"지금까지 우리 집 막내아들이 내게 주어진 십자가라고 생각했습니다. 이 부모 교육을 받으면서 우리 아이가 보물이란 것을 알게 되었습니다. 정말 감사하고 소중한 시간이었습니다."

부모 교육을 받으면서 아이를 바라보는 견해가 완전히 바뀌었다. 나는 그 어머니에게 '부정적인 생각을 긍정적으로 빠르게 변화시킬 수 있었던 것'은 어머니의 품성과 노력이라는 피드백을 드렸다. 어머니도 나도 참 보람된 날이었다.

 엄마를 위한 현실 육아 솔루션

❶ 부정적인 생각을 긍정적인 생각으로 바꾸세요. 좋은 사례가 있습니다.

어떤 사람이 이사를 해보니 집 근처에 공장이 있었습니다. 밤마다 공장에서 나는 소리 때문에 신경이 예민해졌습니다. 잠이 드는데 어려움이 있었습니다. 시끄럽다고 항의를 해 볼까, 민원을 넣어볼까 여러 가지 생각을 해 보았습니다. 마땅히 효과가 있을 만한 것이 생각나지 않았습니다. 결국 그 공장에 투자를 하고 주식을 샀습니다. 그 이후로 공장의 소음이 음악소리보다 더 흥겹게 들렸습니다. 오히려 소리가 나지 않으면 이유가 궁금해졌습니다.

환경이나 상황을 바꿔서 부정적인 생각을 긍정적으로 바꾼 사례입니다.

❷ 부정적인 것을 긍정적으로 바꾸는 것은 축제가 되는 삶으로 바꾸는 좋은 방법입니다.

긍정적인 생각은 자신의 삶에 큰 영향을 줍니다. 삶에 대한 태도와 질이 바뀝니다.

❸ 긍정적인 부모의 태도와 감정이 아이에게 미치는 영향은 실로 대단합니다.

무엇이든 하고 싶은 걸 해 보는 거야

초등학교 저학년 때 나는 가족들이 모인 자리에서 화가가 되고 싶다고 말했다. 아버지께서는 화가가 되려면 돈이 너무 많이 들어서 안 된다고 하셨다. 나는 그때부터 돈이 드는 일을 하면 안 된다는 생각이 잠재의식에 있었는지도 모른다. 그림에 관심을 가지지 않으려고 했다. 그림뿐만 아니라 자라면서 배우고 싶은 것이 많았지만 마음껏 배우지 못했다. 그래서 보상심리로 나는 아직도 공부가 하고 싶다고 생각하며 살고 있는지도 모른다. 그리고 나는 지금도 배우고 싶은 것이 많다. 배움을 늘 긍정적으로 받아들이며 살고 있나 보다.

내가 화가가 되고 싶다고 했을 때 누군가 이렇게 말해 주었다면 인생이 좀 달라졌을까?

"그림을 그리다 보면 좋은 기회가 올 수 있어. 그 기회를 잡으면 되니까 열심히 그려 봐."

"하다가 안 되면 할 수 없는 것이지만 즐겁게 그려 봐."

"화가가 되지 않더라도 그림을 좋아하는 사람이 될 수 있어. 그림에 관련된 일을 할 수 있는 거야. 네가 비록 화가가 되지 않더라도 그림을 좋아하는 다른 직업의 사람이 될 수도 있어."

"그림을 좋아하는 것이 정서적으로 좀 더 안정된 삶을 사는 데 도움이 될 거야. 어떤 일을 하든 그림을 잘 알고 있는 것에 자신감이 생기고 자부심이 생길 거야."

나는 그런 말을 해주는 엄마, 그런 말을 해주는 상담사가 되고 싶다. 꼭 화가가 되는 것이 성공 경험이 아니라 그림을 잘 그려서 선생님께 칭찬받으면 작은 성공이다. 친구들로부터 부러움을 산다면 그것도 작은 성공이다. 성인이 되어서도 그림에 관한 이야기를 나눌 수 있는 사람이 되는 것도 성공이다. 이런 성공 경험들이 쌓이게 만들어 주는 것이 엄마의 역할이다.

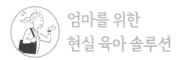

엄마를 위한
현실 육아 솔루션

❶ 아이에게 작은 성공 경험을 통해 무엇이라도 관심을 갖고 흥미 있고 매력 있다고 느끼게 하세요. 어떤 일이든 하고 싶은 마음을 가질 수 있도록 도와주는 것이 엄마의 역할입니다. 아이는 무엇이든 기꺼이 받아들이고 즐기며 해 나갈 수 있게 됩니다.

❷ 이 책에서 제가 쓰고 있는 것은 그런 아이로 키우기 위해 할 수 있는 작은 도구입니다. 행복한 아이로 키우는 엄마 수업이라고 생각합니다. 이수하고 공경하면서 엄마 노릇도 편하게 하세요. 엄마는 무엇보다 사랑이니까 할 수 있습니다.

❸ 모든 아이는 그 자체로도 위대합니다. 우리 아이 중에 전 세계의 아이들을 위해 일하는 사람이 나올 것입니다. 일을 즐기다 보면 우리 아이가 세계 평화에 기여하는 사람이 됩니다. 엄마는 그런 아이를 낳아서 키우는 것입니다. 그 사람이 바로 당신입니다.

65

타고난 기질과 개성을 인정하라

몇 해 전 여고생을 둔 엄마가 상담실에 찾아왔다. 딸이 점심시간에 학교에서 나와서 다시 학교로 돌아가지 않는다고 했다. 그 당시에는 대학 입학 전형이 내신 성적을 중요시하고 벌점 제도가 강화된 시기였다. 교사 추천서까지 반영되기도 하는 학교에서의 생활이 중요했다. 엄마는 걱정이 이만저만이 아니었다. 반면에 딸은 크게 신경 쓰지 않는다고 했다. 엄마는 딸이 심각성을 모르는 것 같아서 더 큰일이라고 했다.

학생과 상담해 보니 직관과 창의력이 뛰어났다. 하나를 깊이 생각하는 편이었다. 보기에는 조용하고 얌전하지만 속에는 열정이 있고 보다 큰 틀에서 생각하는 아이였다. 이해하고 수용하고 공감하고 경청했다. 학생은 모델이 되고 싶어 했다. 신체 조건도 모델이 되기에 충분했다.

자신은 개성 있는 모델이 될 것이라 했다.

엄마의 걱정과는 달리 자신의 장래에 대해 충분히 생각하고 계획하고 있었다. 엄마에게 다 말하지 못한 이유는 아직 확고한 계획을 세우지 못했고 엄마가 자신을 이해하지 못할 수도 있기 때문이라고 했다. 확실한 계획을 세워서 곧 말씀드리려고 했다고 한다.

개인 상담과 부모 상담을 함께 진행했다. 보통 엄마가 상담을 오고 아빠는 오지 않으려고 하는데 부부가 의논이 잘 되는 가정이었다. 아빠도 상담실에 찾아왔다. 부모가 함께 상담에 참여하는 경우는 문제가 더 쉽고 빠르게 해결되는 편이다. 부모에게 딸의 성향을 이야기했다. 딸과 부모가 서로 자신의 생각을 나눌 수 있게 되었다. 부모는 열린 마음으로 아이가 하고 싶은 것을 하는데 도움을 주겠다고 했다. 상담이 끝나고 아이는 무난히 졸업했다. 그리고 모델 수업을 받고 모델이 되었다. 내가 보기에도 개성 있는 멋진 모델이 되었다. 한동안 모델 활동을 활발히 했다. 지금은 유학을 다녀와서 직장에 잘 다니고 있다고 들었다.

부모가 고등학생 딸을 이해하지 못하고 아이를 탓하기만 했다면 아이는 모델의 꿈을 이룰 수 없었을지도 모른다. 지금처럼 사회에 적응을 잘 하고 즐겁게 일을 하며 살아갈 수 있었을지 의문이다. 아이는 자신이 하고 싶은 일을 잘했든 못했든 해본 것이다. 세상에 이름을 떨칠 만큼 성공하지 못했더라도 해 봤다는 만족감이 있다. 해보지 못하고 다른 일을 하면서 느끼는 불만족과는 차원이 다르다. 하고 싶은 것을 해보고 다른 길을 선택해서 인생을 살아가는 것과 하고 싶은 것을 시도해 보지도 못한 채 인생을 살아가는 것의 차이는 후련한 행복감과 찜찜한 후회라고 본다.

실제 모델로 활동한 기간이 얼마 되지 않았고 다른 길을 간다 해도 모델을 경험한 그 시간이 허비된 것은 아니다. 기꺼이 새로운 삶을 살아가는 데 밑거름이 된다. 관련된 일을 하게 되는 계기도 된다. 다른 일을 하게 되더라도 아쉬움 없이 즐겁게 할 수 있는 원동력이 된다.

이것은 누구나 다 아는 사실이다. 그러나 엄마들은 자기 자식의 일이 되면 마음이 달라진다. 자녀 일에 먼저 걱정이 앞서고 마음이 조급해진다.

엄마들은 어린아이의 적성을 알기 위해 여러 가지를 시켜본다. 많은 것을 경험시켜서 적성에 맞는 것을 찾아야 한다며 적성검사 결과도 관심을 가지고 유심히 본다. 이러한 여러 가지의 경험이 헛되지는 않다. 이때 재능을 발견하여 한 가지에 몰입해서 가는 것도 좋은 일이다. 어릴 때 아이들은 뭘 하든 잘한다. 학원에서도 소질이 있다고 한다. 하지만 어릴 때부터 한 가지를 정해서 배우고 익히게 할 만큼 그 분야에서 탁월할 확률은 낮다.

아이들이 청소년이 되어 공부보다는 자신이 어떤 분야에 소질이 있고 적성에 맞는 것 같으니까 그것을 해 보고 싶다고 할 때가 있다. 그때 엄마는 학교 성적을 우선으로 생각한다. 우선 대학 입학을 위해 학교 공부를 잘 해야 한다고 강조한다. 그 시기에 학업을 놓치게 되면 회복하기가 쉽지 않기 때문이다.

엄마가 보기에는 아이가 선택하는 것이 비현실적이고 아이와 전혀 맞지 않는다고 판단할 수 있다. 그렇다 하더라도 그건 아니라고 일축하고 끝내버리지 않아야 한다. 그 일의 어떤 부분이 좋은지, 그 일을 하면 어떻게 될 것 같은지, 그 일을 하려면 어떻게 준비해야 되는지를 먼저 들어보자. 아이가 많은 것을 생각해보고 일시적으로 하는 말이 아니라면 수용해 보는 과감함도 필요하다. 앞서 말한 모델처럼 꼭 모델이 되지 않더라도 그 분야에서 파생되는 여러 가지 일들이 수없이 많다. 함께 잘 알아보자고 하면 아이의 의견을 존중할 수 있게 된다.

아이들은 뭔가에 꽂히면 다른 것은 눈에 들어오지 않는다. 공부도 머리에 들어오지 않는다. 꽂혀 있는 시간에는 그 분야에 몰입하고 열중한다. 언제 끝날지는 모르지만 몰입하고 열중하는 시간을 가져보는 것은 아주 좋은 경험이다. 나중에 다른 어떤 일을 하더라도 몰입하고 열중할 수 있는 귀한 경험이다. '하고 싶은 것을 부모님이 못 하게 해서'라는 구실로 게임이나 다른 좋지 않은 것에 빠지는 것보다 낫다.

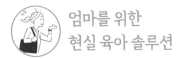

엄마를 위한
현실 육아 솔루션

❶ 아이가 하고 싶은 것을 못 하게 하는 부모를 탓할 수는 없습니다. 우리나라에서 과감히게 공부는 좀 소홀히 하고 아이가 하고 싶은 것을 위주로 선택할 수 있는 부모가 얼마나 될까요? 특별한 재능이 있는 아이라면 모를까. 학업을 소홀히 한다는 것은 평범하고 무난한 삶을 살아갈 수 있는 기회조차 놓칠 수 있는 위험한 선택일 수 있습니다. 공부를 강요하는 것이 부모의 잘못은 아닙니다. 부모이기에 고민을 하는 것입니다.

❷ 우리 사회는 공부해서 시험을 잘 치고 좋은 대학을 가야 잘 살게 되는 구조입니다. 좋은 대학에 보내고 보장된 출세의 길로 인도하는 것도 부모의 역할입니다. 거기에 아이의 기질과 개성을 살려서 하고 싶은 것을 인정하고 수용해서 여러 가지의 길을 함께 알아보는 것 역시 중요한 부모의 일임을 생각해야 합니다.